Jean d'Ormesson
C'est une chose étrange à la fin que le monde
这世界最终是一件奇怪的事

[法] 让·端木松 著

邬亚男 译

上海文艺出版社

目 录

序言
1

要有光!
19

为什么有物而非无物存在?
137

死亡:一个起点?
229

译名表
289

致谢
321

译后记
322

序言

迷宫的线团

七月的某天上午,烈日当空,万里无云,我问自己,我们从哪里来,又将去往何地,我们在这地球上做些什么。

老人的梦

迷宫的线团

我们从哪里来?从遥远的地方来。在我的身后,是尸横遍野,血流成河,在石头或大理石的铭文里,在书中,在不久前诞生的机器里,萦绕着一个古怪的梦,它属于我们所有人——我们将其称作过去。在我身后,还有湍流,沙漠,遗忘之洋。

老人的梦

里面空空如也。

迷宫的线团

我们将去往何地？谁知道答案？在我的前方，有……什么呢？其他事物。其他还未存在的事物，我们称之为未来。不同的东西，甚至，迥然不同的东西——然而，却是相似的。其他事物，却是相同的事物，即死亡。

老人的梦

　　里面空空如也。
　　没有笑容,没有眼泪,没有树木,没有云朵。没有光线。没有答案,没有问题。永恒。空洞。无限。

迷宫的线团

　　幸运的是，我们出生了，且尚未死去，我们在这地球上做些什么呢?

　　一些伟大的事情，一些美好的事情。一些发现，一些征服，一些发明，一些杰作。还有一些平庸的小事，无意义的小事，经常是令人懊丧的，有时甚至是可耻的。

　　我睡了很久，浪费了不少时间，犯过诸多过错。太阳底下最紧要的，是我们彼此相爱。

　　我们日积月累的进步不知不觉地改变着我们知觉、思考及生活的方式。然而，人类的生存状况却仍一成未变：出生，受难并死去。

　　我们差不多把能做的事情都做了——归根结底，我们能做的寥寥无几。

老人的梦

里面既无空间,也无时间。有其他事物。里面空空如也。空即一切。

迷宫的线团

生活令人着迷。它是短暂的,也是漫长的。它十分动人。我们不愿离开它。它拥有一个山谷的眼泪,也拥有一个山谷的玫瑰。在这个眼泪谷,在这个玫瑰谷。(*In hac lacrimarum valle. In hac valle rosarum.*)

我常笑。世界令我欢笑。我喜欢词语,讽刺,在春天里滑雪,勇气,点缀着橄榄树及松树的海滩,钦慕,傲慢,岛上的小酒馆,存在的矛盾,工作和发呆,速度与期望,刘别谦、库克、加里·格兰特、吉恩·蒂尔尼、西格尼·韦弗、凯拉·奈特利的电影。我很幸运。我出生了。我不抱怨。我将死去,这再自然不过了。至于现在,我活着。

傻子泛滥,讨人厌的家伙比比皆是,还有些可怜的人,少数自私的人——我把不想着我的人称为自私的人——他们混迹其中。而我喜欢的人也很多。我爱过几位女士，甚至，当她们不爱我时，或者，不如我想的那么爱我时，我仍觉得她们迷人。我还未曾为生活流过眼泪，我对过去经历的感到高兴。

老人的梦

　　里面空空如也。但一切皆已存在于虚空当中。时间与历史均被掩藏于永恒之下。

迷宫的线团

　　我常谈论起我们曾生活过的、短暂存在过的社会。我这么做并非出于自身意愿。我并未生出高傲之心，且始终认为自己有愧于他人。我将一切归功于在我之前出生的人，归功于养育我的人。我是过去的果实，过去是我的根。它影响着我，也影响着你们所有人。过去吸引着我。

老人的梦

空即一切。里面存在一些发光的、晦暗不明的东西,任何人类的思想均无法言及,亦无法对其进行思考。那是一位老人。

迷宫的线团

　　世界上更美好、更迷人、更振奋人心的事物，就是起源。童年及早晨均闪烁着新生事物的光芒。存在却常常是黯淡的。出世总是一件幸事。起初，会有一个惊喜，一种期待，它们可能会变成沮丧，但它们为时间增添了色彩与活力。在森林里，在草原上，在海中，在沙漠里，那起初的起源，一切事物的起点，是人类重要的神话。

老人的梦

从我的无里,会生出你们的一切。而生活在时间里的人,却无法进入其中。

要有光!

迷宫的线团

　　恐龙早在约六千五百万年前就已经灭绝了。当时的人们对恐龙的消失一无所知。他们从未见过这种被我们称之为恐龙的庞然大物，甚至没听说过它们的存在。这些我们祖先的先辈们并不知道他们自己的祖先在几十万年前走出了非洲，他们也不知道自己的远祖曾用四肢在树上或草原上爬行。他们几乎什么都不知道。的确，他们比我们知道的要少得多，这听起来似乎是一个悖论，我们对遥远的过去的了解怎么会比当时的人类还要多呢？我们的先辈非常年轻，他们比我们强壮，比我们灵活，但他们的头脑一片混沌。而且，他们的人数非常少，也许只有几千人，起初，人口更少。随着历史的推进，他们的人数增加到好几万人，相当于现在一个足球场的观众人数或者一场摇滚演出的听众人数，但要是和某座首都广场上、大街上的示威人群比起来，他们的人数则要少得多。他们是地球之盐，尽管连他们自己也并未意识到。他们是幸存者。

他们保持直立姿势。他们抬头遥望天空。他们用手制造工具，将其用于打猎、捕鱼、防御敌人、保护自己。他们看守着自己驯化的火，把它作为财富代代相传。他们去世时还非常年轻——通常是在三十岁以前。他们露出笑容。他们像鸟儿一样吹哨。他们开始交谈。有时，他们还会歌唱。他们中最有天赋的在石头上画出他们熟悉的动物或物体：马、野牛、鱼、箭。他们吹起了长笛。他们做起了缝纫。他们尝试新技术，用火来烹制食物或烧制泥人。一些影影绰绰的想法不时闪现在他们的脑海里。

我不知道，他们也许住在山洞或者木屋里，也许住在湖边或沼泽地中央的高脚建筑里，也许住在某种悬挂在树上的巢穴里。夏天特别热，冬天特别冷。雨雪大风都是常事。电闪雷鸣，这不知名的来自天庭的怒火，加剧了生活在河边、山下、树林深处生灵的悲惨境遇。要是一个孩子或一个四十岁的老人奇迹般地恢复了健康，躲过了凶恶的猛兽，或在部落战争中幸存，他们可能会在晴朗的夜间凝神遥望夜空闪烁的星星。那时，一种敬畏之心悄然降临。也许这些密切关注人类的、从地底下钻出来的精灵，它们从比自己更强大的精灵的束缚下挣脱了出来，手持闪亮的火把，活力四射，仿佛要将夜空点亮。不时，一条明亮的光束划过苍穹，向地球播下不安的种子。太阳的回归运动与月亮的相位变化孕育了无穷无尽又纷繁复杂的传说。有时，太阳或月亮突然没了踪影，无缘无故地从视野里消失，此类现象少有发生，大概一两百年一次。最勇敢的人也忍不住瑟瑟发抖。心怀恐惧的人们向天地间的神灵应允它们想要的一切：食物、财富、装饰、面具，同时为了在宇宙中幸存，他们献祭出生灵的血。约几十万年前，人类还未占有他们赖以生存的土地：人类为神灵所有，遍布在天地万物间的神灵执掌着人类的命运。

第一次，在森林或灌木丛中，在草原上，在山丘间，在海边或大河边，亚洲人或欧洲人，亘古以来的非洲人或晚近出现的美国人，这些灵长类动物都长成了人。没错，他们是人，和你我一样的人。若按照时下的流行风格来装扮，他们便和地铁上或大街上的你几乎毫无二致。他们不属于其他物种，而是和我们一样同属人类。他们和我们——无论"我们"包含哪些族群——拥有同一个祖先,我们都来自同一个源头,同一个矩阵。我们都是被时间改变的非洲人。

唯一重要的区别,与性别有关:有男人,也有女人,只有男人和女人在一起才能生孩子。几千年来,至少迄今为止,在这两种性别的交合下,历史才能不断前进。

历史前进的步伐十分缓慢。人类还很年轻:他们没有过去,只有未来。他们走向别处。那时的地球巨大无比,尽管现在的我们感觉它很小,穿行于无尽的未知空间仍需大量的时间。那时,有的是时间,因为那时有的是空间。对于最初的人类而言,地平线之后总是存在新事物,层出不穷的新事物。而时间却无情地流逝了,它没有尽头,堆积起数千年的岁月:时间的宏大回应着空间的广博。地球无边无际,而记忆正在消退。

老人的梦

如果他们，尤其是他，认为自己能够摸透空间或者时间，那就大错特错了。不可能，永远都不可能。

当然，性别与死亡一样，是决定系统的关键要素之一。宇宙不过是一个庞大的系统，它维系并控制一切。性别与死亡互为前提。他们反复地摸索，相较于无穷尽的事物，他们的发现不过寥寥。他们走向冒险的尽头、系统的终点，即便如此，他们仍无从知晓冒险的意义，而系统的秘密也将和他们擦肩。

魔法。他们尽可以不把最初的人类放在眼里，尽可以认为自己比最初的人类更优越。相信看不见也听不到的力量、无处不在的以太可以解释光的传播、历史在时间结束之前就已经走到了尽头、看不见的手会调节市场、偶然性与必然性的相互作用足以解释宇宙和生命、相信雕塑的神奇并不比相信灵魂和身体之间有松果体，更荒谬。

迷宫的线团

在黄河流域，印度河流域，底格里斯河和幼发拉底河之间，在乌尔，乌鲁克，马里，埃布拉，阿卡德，拉格什，苏美尔的土地上，在尼罗河，埃及，安纳托利亚，加泰土丘，或在耶利哥——为什么是在这些地方而不是在其他地方？因为教父与博须埃[①]的上帝，启蒙运动的理性，黑格尔的绝对精神，马克思主义者的唯物辩证法，总之，历史不得不在空间中亮相，正如它在时间中相继登场那样——农业与城市的出现并不顺利，它们一路磕磕绊绊。国王诞生了。他们的名字流传至今。他们分别是阿卡德的萨尔贡（Sargon d'Akkad）、汉谟拉

---

① Jacques-Bénigne Bossuet，他被认为是法国历史上最伟大的演说家。著有《哲学入门》《世界史叙说》等。——编者注（本书注释均为编者注，后不另作说明）

比（Hammurabi）、辛那赫里布（Sennachérib）、亚述巴尼拔（Assur-banipal），还有些我们熟知的名字，比如萨达那帕拉（Sardanapale）、胡夫（Khéops）、卡夫拉（Khéphren）、孟卡拉（Mykérinos）、佩皮（Pépi）、图特摩斯（Thoutmès）、阿蒙霍特普（Aménophis）、拉美西斯（Ramsès）。他们与神灵结合，成为神话的一部分。他们内部通婚，实行世袭制。他们将王位与财富传承给子孙后代。为了纪念他们的丰功伟绩，计算牛羊的数量，记载收获的多寡，一个天才的发明将消失在空气中的话语转化为石头、黏土、纸莎草上的标记：文字。

文字是新近的发明：距今大约五千年。在大爆炸、生命、思想、语言、火，或者一些我们可能已经遗忘的动荡之后，文字标志着人类在漫长历史中的第六次，或者第无数次的启程。五千年的历史如昙花一现，的确，与人类二三十万年的历史相比，与灵长类或脊椎动物的几百万或几千万年，生命的三十五亿年，太阳系的五十亿年，我们宇宙的一百三十七亿年相比，五千年，又算得上什么呢？文字也许不如生活或思想造成的影响大，但文字本身具有一种强大的魄力，使其足以改变事情的进程,加快一直以来缓慢发展的节奏。文字为眼花缭乱的人类开辟了一项几无止境的事业,文字讲述着历史,保留着历史,建构着历史,文字向我们转述着业已消失的文明,向我们传递着它们的梦想、恐惧与期望。

老人的梦

　　快停下，别跑了。歇一会儿吧。花两分钟想一想，再挑一个问题回答看看。你认为生命、思想、语言、文字的出现是必然的吗？还是你认为恰恰相反，它们可能从未存在?

迷宫的线团

巴比伦人、埃及人、中国人、印度人以及后来的希腊人，都开始思考他们赖以生存的世界。他们创造了一连串难以置信的故事，这些故事彼此密切相关，其中的寓言与幻象天才般地交织在了一起，地球之盐跳起了萨拉班德舞（Sarabandes），表达着他们的焦虑与希望，男神与女神从未停止交配，他们诞下其他神祇，令众神的谱系变得错综复杂。

在底格里斯河与幼发拉底河的三角洲地带，世界之母阿努特与海神阿普苏同眠，诞下了天空之神阿努；之后，阿努特和阿努的结合又生下了大地之神伊亚和月亮之神辛，又按照这样或那样的顺序，串联着太阳神萨玛什，爱与生育女神伊什塔尔，宇宙主宰马尔杜克——他将邪恶女神提亚马特斩为两段，该地区的其余六百多位神也从他们中繁衍诞生。

大约在同一时期，在埃及的尼罗河谷，天空女神努特的儿子阿图姆与原始之水努恩结合，并以赫利奥波利斯祭司崇拜的太阳神拉的名义，阿图姆成为世界之灵巴的起源，亦被认为是埃及诸神的开端：盖布，大地之神；神秘的奥西里斯，具有文明之神与友善之神的双重属性，他死而复生，掌管着尼罗河水；月亮女神伊希斯是奥西里斯的妹妹和妻子，他们作为一个整体，永远不可分割；塞特是一位长着狗头的暴力与黑暗之神；阿蒙，空气之神，底比斯祭司的最高统治者，祭司们将其等同于拉；长着豺狼头的阿努比斯是死亡与防腐之神；阿庇斯，牡牛神；哈托尔，牝牛神；长着猎鹰头的荷鲁斯；塞贝克或索贝克，鳄鱼神；塞赫麦特，母狮神；鹮头神托特是抄写员与作家的守护神，被希腊人称为赫尔墨斯·特里斯墨吉斯忒斯。太阳神阿顿与拉相当，在一段时间内，他将战胜阿蒙，并在阿蒙霍特普四世，即纳弗尔蒂蒂的丈夫的帮助下，成为阿肯那顿，即宇宙的造物主，享有世界唯一统治者的至高尊严，还有其他神祇也在古埃及人的生死之间扮演着各种角色。一两个世纪前，它们的故事得以重见光明，吸引了大批游客与猎奇之人，也令专家学者赞叹不已。

在中国，老子所著的《道德经》普及了道——道路、生命的起源、事物的进程——以及阴阳宇宙观，两极对立——阴：地球和月亮，阴柔、阴暗、潮湿；阳：天空和太阳，强壮、阳刚、光明、创造者。而在比孔子、老子更早的两千年前，男神与女神构成了一个强大的天界等级体系，为宇宙的运行提供着指导。

在彼时的世界，祭司皆学者，学者皆祭司。他们凝望苍穹，观察星星的轨迹，将星象的密码与诸神的结合联想在一起。太阳和月亮的升起与落下，行星的运动，还有对黄道十二宫的了解，使得规律的发现成为可能，人类甚至可以制作日历，并预测日食。数学与几何对尼罗河流域的金字塔，底格里斯河与幼发拉底河之间的金字塔，以及各地神庙的建造都至关重要。然而，不论是对天空的凝思，还是对数字的运用，均无法摆脱神话的元素。星星和它们的轨迹常常被用来占卜未来——一个完完全全由神灵决定的未来。当时，最强大、最博学的头脑都受制于地狱或天国的力量。天文学家是占星家。他们在天空中读到的不是宇宙，而是帝国与人类的命运。

老人的梦

　　一切都在运动。历史形成，并产生意义。一些人争辩道，历史不过是些激愤的噪音，它毫无意义：他们错了。与此相反，另一些人声称自己了解历史背后隐藏的意义，他们企图以武力将意义强加于人，使人类陷入无尽的痛苦：他们全是伪君子。历史的必然性永远且只会存在于过去。而在必然性的强力约束下，没有什么比正在形成的历史更明显，或者更可预测的了。还是不对，仅仅是一种幻想。历史是一种随机的必然性。它的未来属于我。它的意义是一个谜。只有时间的尽头才会将谜底揭晓。

迷宫的线团

印度的《吠陀》是我们拥有的最古老的文本之一：它可以追溯到公元前三千年的上半叶，就在文字被发明后不久，它比《摩诃婆罗多》《罗摩衍那》中无尽的史诗还要久远得多，比印度天才阿耶波多发明数字"0"也还要早得多，后来"0"通过阿拉伯人传到了我们这里。

《吠陀》，尤其是《梨俱吠陀》，提供了一种介于泛神论与多神论之间的，带有一神论痕迹的古印度教思想。当时，雅利安人，即来自西北部的印欧人，入侵印度河流域，战胜了当地的德拉维达人（Dravidians）。在被尊崇的神灵中——自然力量、星星、天空、大地、风、火（agni）、植物、酒（soma）……一神占据着特殊的位置，因为它是创世以前唯一的存在："最初是一片虚无的状态，既没有可见的,也没有不可见的。既没有死亡,也没有永生。既没有白昼,也没有黑夜。只有太一自在呼吸,气在体内回转,此外别无他物。起初,爱就在太一里面。从爱中诞生出第一颗智慧的种子。"

晚些出现的《奥义书》可以和《吠陀》联系起来。它们讨论的是一直以来困扰着人类心灵的问题:宇宙的起源,神的本质,事物与灵魂的本质。个体精神(阿特曼)与宇宙精神(婆罗门)结合后,经历了不同肉体间的迁移,最终获得解脱。此番真诚的结合,这一至高无上的认同就是"真理之真理"。作为叔本华一生最爱的书籍之一,《奥义书》对叔本华影响深远,是他去世时的慰藉。

著名的《埃及亡灵书》衍生自石棺和金字塔上的文本,从第二个千年的中期开始,《埃及亡灵书》主要是由莎草纸、纺织品或皮革上的丧葬手稿组成。人们认为,它们可以使亡故之人复生,或延续在世之人的生命,尽管将死亡延后了一段时间,但死亡仍是不可避免的,他们是尚未最终成形的亡灵。在上述文本中,最古老的文字比拉美西斯二世还要早出现几个世纪,后者是一位伟大的法老,他是神庙的建造者,是赫梯人的对手,后与赫梯人结盟,他还是卡迭石战役的胜利者，是五十个孩子（不包括非婚生）的父亲；比摩西带领希伯来人走出埃及、并将律法书交予后者还要早几个世纪；比发生在已知世界的另一端，我们称之为小亚细亚的安纳托利亚西北海岸的特洛伊战争也要早几个世纪。

吉尔伽美什是美索不达米亚及整个古代近东地区著名的冒险英雄，他同奥德修斯、亚历山大大帝、亚瑟王或罗兰、水手辛巴达和堂吉诃德一样赫赫有名。《吉尔伽美什史诗》最完整的版本存放在尼尼微的亚述巴尼拔图书馆，但关于这位英雄的最早期的手稿可以追溯至更久远的荷马生前的时代，甚至可以追溯到特洛伊战争。吉尔伽美什很可能是真实存在的人物，一个历史人物。他可能是约五千年前苏美尔国的乌鲁克的统治者，他所统治的领土位于美索不达米亚平原，离波斯湾不远。据说他是由一口气或一个恶魔所生，其在位时间长达一百二十六年。

他的功绩、有关他名字的传说、他的后代以及与他有关的写作，使他成为人类最早的英雄之一。其时，人类开始拥有自我意识，并将自己投射到半神上，后者也是在人类的梦想和想象力的作用下诞生的。他身边的人物也纷纷扬名——他的朋友恩奇都在沦为众神嫉妒的牺牲品之前下到了冥界，生活在世界尽头处的麦酒夫人西杜里，她比浮士德还早几千年就建议吉尔伽美什享受当下。有时，诸神站在吉尔伽美什一边，有时，吉尔伽美什不得不经受众神的考验，他从未停止与怪物、巨人，尤其是与死亡的搏斗。死亡是他的执念。在一个充斥暴力与大屠杀的权力斗争的时代，一切超越死亡的生存形式都成为人类最大的关注。他们在天体间、对神的崇拜里，或者在圣书中找寻答案。

老人的梦

人类，我怜悯他们，他们予我欢笑，我还他们以热爱。他们最美丽的祈祷是渴望了解我，而且祈望创造我。他们中最优秀的人，当然，和其他人一样，也会犯错，我关注着他们的一举一动。我时不时向他们伸出援手，教他们说话，有时甚至替他们说出真相，任由他们把我拖入泥潭，为我建造雕像。我把想法、短语、颜色、声音注入他们体内。于是，他们低声说："这来自天上……"当他们歌唱时，当他们绘画时，当他们写作时，他们的音乐、形式、绘画与文字汇成我最喜爱的香气。如果我是一个人，我愿意花时间注视他们的面孔、倾听他们的交谈、阅读他们的文字。

迷宫的线团

不到三千年前,地中海东岸开启了一个惊人的时代。每个时代有每个时代的神童,每个时代也有每个时代的灾难与奇迹。但在距今不到三千年的那段时期,人类的发明与尝试异常繁荣,以至于它在人们的印象里留下了如春天一般的样貌。

公元前九世纪,在讲希腊语的小亚细亚,诞生了当时第一位,也许是有史以来最伟大的,诗人:荷马。七座新兴的城市正在争夺荷马出生地的荣誉;我们对荷马的生活几乎一无所知;传说他是个盲人,我们也无法确定他会写作。人们认为,《伊利亚特》与《奥德赛》是他的作品。在经历了这么多个世纪以后,这两部美不胜收的史诗仍给我们带来数不清的欢乐。

《伊利亚特》叙述了荷马生前四百年发生的一

场战事，大概是摩西和拉美西斯二世在埃及的时候，这场战争长达九年。参战的一方是普里阿摩斯国王治下的特洛伊人，他的两个儿子分列两侧：长子赫克托尔，即安德洛玛克的丈夫，以及帕里斯，他绑架了斯巴达国王墨涅拉俄斯的妻子海伦。另一方是前来追讨海伦的墨涅拉俄斯，他的兄弟阿伽门农，即强大的迈锡尼国王、恶棍阿特柔斯之子、克吕泰涅斯特拉的丈夫、伊菲革涅亚和俄瑞斯忒斯的父亲，珀琉斯的儿子以及密尔弥敦人的国王阿喀琉斯及伊萨卡的国王尤利西斯等人所统率的希腊联军。进攻者得到了赫拉，即罗马人的朱诺，以及雅典娜的支持。在众神组织的选美比赛中，帕里斯不明智地将最美女神的称号投给了阿芙罗狄蒂，即维纳斯，这则故事之所以为人熟知，很大程度上是因为它成了一众雕塑家、画家的创作素材，如菲狄亚斯[①]、普拉克西特列斯[②]、波提切利、提香以及鲁本斯。特洛伊人则受到战神阿瑞斯的保护，他被拉丁人称为马尔斯，当然他们还受阿佛洛狄忒的保护。在荷马的笔

---

① Pheidias，古希腊的雕刻家、画家和建筑师，被公认为最伟大的古典雕刻家。其著名作品为世界七大奇迹之一的宙斯巨像和巴特农神殿的雅典娜巨像。两者虽已被毁，不过有许多古代复制品传世。
② Praxiteles，古希腊后期最杰出的三大雕刻家之一。

下，大部分的希腊神话围绕特洛伊而展开，而神话故事的疯狂程度与孟菲斯、底比斯、苏美尔、巴比伦或古典文学中将英雄主义与罪恶行径集于一身的诸神不相上下。《伊利亚特》这首史诗以阿喀琉斯拒绝与阿伽门农并肩作战拉开序幕，只因后者杀死了二人共同喜爱的女奴，以赫克托尔的葬礼结尾，阿喀琉斯为了给倒在普里阿摩斯长子手下的挚友帕特洛克罗斯报仇，重返战场，杀死了赫克托尔。

《奥德赛》则讲述了奥德修斯的冒险故事，在特洛伊城陷落后，由于接连不断的事件、灾难与障碍，奥德修斯不得不推迟回家的日期，诸神与几名女性在阻碍奥德修斯回家的事件与灾难中发挥了决定性的作用：波塞冬，即海神、海王和地面的撼动者，雅典娜，卡吕普索，希尔赛，像一株小棕榈树的瑙西卡。奥德修斯花了大约十年时间才回到伊萨卡，他的妻子珀涅罗珀、他的儿子忒勒马科斯、少数在主人长期外出后仍坚定不移地忠于他的追随者，以及他的老狗阿尔戈斯（在他幸福地死去前，阿尔戈斯第一个认出了他）都期盼他早日归家。

这两部史诗创作于文字诞生后的黎明时期，其中一部讲述的是战争故事，另一部则可称得上是最伟大的冒险故事，它们在被文字记录下来之前，就已经被行吟诗人不停地传诵。荷马本人就是一名行吟诗人，换言之，他是一名歌手。在三弦或四弦琴的伴奏下，荷马吟唱诗句，他属于那些走遍城镇和乡村的狂想家，为了传唱自己创作的诗歌，足迹遍及天下。许多人早已将他创作的诗句熟记于心，一些业余爱好者也跟着他们传唱，整个希腊世界和罗马帝国，以及后来的拜占庭帝国的学童们从小就开始学习荷马史诗。文字和印刷术的发明使这部史诗得以广泛传播，成为惊艳后世的不朽之作。

《伊利亚特》和《奥德赛》是西方文学的源头，战争、旅行、爱情、友谊、激情、野心、勇气、竞争、权力、同情、金钱、命运、死亡、机会和海洋等主题早已在荷马史诗里竞相亮相。可以说，从埃斯库罗斯、索福克勒斯、欧里庇得斯，到维吉尔、《尤利西斯》的作者詹姆斯·乔伊斯、博尔赫斯，还有但丁、龙萨——

> 我想在三天内读完荷马的《伊利亚特》，
> 科里顿，请你为我关上门吧……

及塔索①、塞万提斯、莎士比亚、科尔奈②、拉辛、歌德、夏多布里昂、洛特雷阿蒙③,与奥芬巴赫④的《美丽的海伦》,还有贝玑⑤——"没有什么比今天早上的报纸更古老,而荷马却风采依旧……"——以及让·季洛杜⑥,他在《特洛伊战争不会发生》中复活了赫克托尔、安德洛玛克和海伦,并说道:"我们所有的文学作品都是《伊利亚特》和《奥德赛》的注脚,以不同的形式永恒地延续。"

---

① 托尔夸托·塔索(意大利语:Torquato Tasso,1544—1595),意大利16世纪诗人。他的作品有《里纳尔多》《阿明塔》《耶路撒冷的解放》等,对欧洲文学产生了重要的影响。
② 雅诺什·科尔奈(János Kornai,1928—2021),匈牙利经济学家。以对东欧共产主义国家的计划经济批评和分析著称。
③ 洛特雷阿蒙(Comte de Lautvéamont,1846—1870),出生于乌拉圭的法国诗人。他唯二的作品《马尔多罗之歌》和《诗》对现代艺术和文学,特别是对超现实主义和情境主义产生了重大影响。去世时年仅24岁。影响甚广,画家达利、作家亨利·米肖、导演居伊·德波等皆受其影响。
④ 雅克·奥芬巴赫(Jacques Offenbach,1819—1880),德籍法国作曲家,代表作品有歌剧《霍夫曼的故事》、轻歌剧《地狱中的奥菲欧》《美丽的海伦》。
⑤ 夏尔·皮埃尔·贝玑(Charles Pierre Péguy,1873—1914),法国诗人、散文家、编辑。
⑥ 让·季洛杜:Hippolyte Jean Giraudoux(1882.10.29—1944.1.31)是法国小说家、散文家、外交家和剧作家,他被认为是第一次世界大战和第二次世界大战之间最重要的法国剧作家之一,他的作品以其优雅的风格和诗意的幻想而著称。

老人的梦

　　所有民族都是上帝的选民。中国人是黄种人，人口众多的中国曾一直将自己看作世界的中心，而他们终将主宰这个世界。从蒙昧时代以来，中国人讲的就是中国话，印度则不然，印度是一个大杂烩，是种族、语言、宗教、生活方式的大杂烩。一种永无止境的奇迹将所有印度人维系在一起，他们是我心中的挚爱。在大马士革，在巴格达，在科尔多瓦，在格拉纳达，阿拉伯人则凭借他们的征服、他们的清真寺、他们的天文台、他们的翻译以及他们的《一千零一夜》成为文化与权力的象征。英国人是一个伟大的民族，他们通过自身的发展，或者说，通过美洲，将他们的语言、他们的女王、他们的茶叶、他们的人身保护令和民主、他们的花呢、他们的劳斯莱斯、他们的拳击和橄榄球推广到五大洲。北方人以维京人的名义在海上航行，借瓦良格人之名在大河上穿行，他们走过俄罗斯、乌克兰、诺曼底，俄罗斯的名字还是他们取的，而诺曼人接着征服了英格兰、西西里和普利亚地区，即整个意大利南部，直至罗马，此后，恺撒、奥古斯都、哈德良与马可·奥勒留治下的罗马成为世界的主宰，紧接着，一位传奇式的英雄，一个不世出的天才，腓特烈二世，成为唯一一位兵不血刃就拿下耶路撒冷的基督教君主。日耳曼世界有一位巴赫，他站在我这一边，而费尔巴哈、马克思、尼采、弗洛伊德，却与我作对。所有人，也许尤其是那些盼我去世或宣布我死亡的敌人们，我敬佩他们，我热爱他们。葡萄牙人在大洋上航行，从巴西到非洲，再到印度群岛，他们遍布世界。还有什么比航海更美呢？西班牙人骄傲又神秘，在不打内战的时候，他们喜欢画画。法国人就不说了：贝玑对他们的赞美比任何人都好。意大利人也不提了：他们的画家、雕塑家、建筑师、音乐家、圣人，以及他们山丘的轮廓，都足以像一缕晨光照亮世界。对我而言，只有瑞士人有些难以启齿：他们在自己的山上快乐度日，要么养牛，要么开立银行账户。还有两个民族比其他民族更让我吃惊，因为他们以及他们的历史，将已成往事的一切变得令人振奋：他们是犹太人和希腊人。

犹太人创造了我，这无比重要。而希腊人，他们是第一个发现我秘密的人。

迷宫的线团

在荷马之后的两百年,仍然是在小亚细亚,仍然是在众神赐福的地中海东岸,在一个叫作爱奥尼亚的地方,《伊利亚特》和《奥德赛》已经存在于人们的脑海里了,它们在人们之间口耳相传。有一个叫泰勒斯的人,由于每天忙于凝望星星而显得心不在焉、笨手笨脚,他怀疑月亮是被太阳照亮的,他还创立了第一个哲学与几何学派。在那个古老的时代,哲学家这个职业还不存在:哲学家同时既是智者,又是数学家和天文学家。他们对自然现象很感兴趣,比如日食和月食现象,他们的兴趣也体现在数字、计算、几何图形及其属性等方面。他们的智慧令常人望尘莫及,就他们所处时代的知识而言,他们的智慧相当于全人类的智慧总和。他们发现了数字与理性的优点,后者能将各种状况或事件解释得清楚明白，并能建立起其中的联系，这似乎给不确定的世界带来了一些佐证与稳定。

一场革命正在如火如荼地进行。它基于一个几乎无法翻译的概念，希腊人称之为逻各斯。逻各斯是当时出现的一个希腊词，后陆续被柏拉图、传教士圣约翰采用，语义稍有不同，可用来表示"理性"、"法律"、"逻辑"、"语言"、"动词"及"普遍必然性"。逻各斯体现在语言中，是抵达事物本质、核心与存在的特殊渠道。它与数学、几何学相关。它标志着模糊的、波动的观点，敷衍的类比以及迷信巫术的终结。希腊的奇迹在于，走出神话的世界，从而走进科学的世界，这一切均归功于逻各斯以及超人的努力。科学诞生在希腊小亚细亚这片土地上，这里，也曾是荷马与他的史诗诞生的地方，从广义来说，由希腊形塑的地中海东岸，将在未来两千年里成为世界的中心。

自公元前六世纪起，希腊人在一场非同寻常的运动中发现，自然界已然成为他们反思与猜测的对象，而神话中的诸神则从此退场。人取代了诸神，并运用智力的建构来解释自然界的现象。如今，地质学、气象学、生物学、天文学及整个自然界均以数字及数学作为基础。对毕达哥拉斯而言，"数是宇宙万物的要素",由此,他提出了最早的定理并创立了数学。基于一种闪电般的直觉,留基伯[①]和德谟克利特想象物质可以被分解成原子。欧几里得发现了几何学原理。

希腊人同葡萄牙人、西班牙人、荷兰人及后来的英国人一样,也是水手。日常经验告诉他们,在天气好的时候,如若在岸边观察海上航行的船只,则会得出两个与众不同的结论:若船只出海,船身则逐渐沉入遥远的地平线之下,反之,若船只靠岸,则能首先看到扬起的风帆,而后才是船身。海上航行的经验还告诉他们,在地中海以南的地区,北极星在地平线上出现的位置比在北方低。希腊人终于明白了,在他们以前,其他人也根据不同程度的证据进行过猜测,月食时,地球正好移动到太阳和月亮之间:他们观察到投射在月亮上的影子总是圆的,这就意味着地球是圆的。根据希腊人的观察与猜测,地球最终不再是早期许多祭司和圣人所想象的那样,像一只扁平的圆盘,仅有一面供人居住,地球的形状是完美的球形。

---

① Leucippus,古希腊哲学家,率先提出原子论,为德谟克利特的老师。

老人的梦

地球是圆的。不,它不在乌龟的背上,也并非漂浮在莲花上,或漂浮在由巨人和天使支撑的海洋上,它不是一个扁平的圆盘。这多么令人好奇:地球的形状非常明了。它是圆的,或者,近似一个圆。在巴比伦时代,在古埃及时代,在爱奥尼亚时代,最有学问的人已经掌握了这个知识,但大街上的人们还一无所知。真理,或在时间上取代它的东西,以一种分散的顺序前进。在希腊人之后的几个世纪,仍然有一些哲学家、作家、教会人士及学者,他们难以想象人的脑袋朝下的样子,雨一边落下,一边升起。而许多水手,直到现代的黎明出现以前,都害怕在未知海域的尽头,那可能吞噬他们的深渊。

迷宫的线团

最让当时希腊世界的伟大思想家、最早的几何学家以及最早的哲学家感到震惊的是变化的奇观。太阳底下,一切都在变化,一切都会过去,一切都在分崩离析。《伊利亚特》与《奥德赛》出色地描绘了人类不稳定的情状:国王们在敌人的进攻下失去了王位,王后与公主沦为奴隶,所有人终将死去。

公元前一世纪,卢克莱修在《物性论》(*De natura rerum*)中写道:"难道你未曾看见石头如何为时间所征服?未曾看见高塔如何变成废墟,岩石如何圮毁,神殿和神像如何坍塌?未曾看见神灵的威力并不能推进命运的终点,或抗拒自然的命令?"

日常生活也提供了无数剧变或不稳定的例子。牛奶变质,水果腐烂,水结冰,冰块融化,我们在变老。一棵橡树长在森林里,我们用斧头砍它,我们点燃原木，火焰升起、闪烁、消失：橡树成了灰烬。一阵风吹散了灰烬。橡树、原木、火焰、灰烬，一切都消失得无影无踪。我们也是。

我们经历着溃败，但仍有一种感觉萦绕在我们心头，在一切变化的事物背后，存在着某种稳定不变的东西。在普遍的短暂里，似乎隐约存在着一个内核。公元前六世纪，爱奥尼亚的哲学家提出以下问题："什么在变化中一直存在？什么是所有这些不停更替的现象的物质基础？"其中一些人，比如泰勒斯，他回答道："是水。"其他人争辩道："是空气。"或者"是火"，或者"是无限"。

答案并不重要。在人类史及人类对知识的渴望中，下面这个问题显得尤为重要："是什么在正在发生的事情背后延续？"

两位伟大的哲学家将就这个问题展开讨论。其中一位哲学家在以弗所出生，属于光荣的爱奥尼亚学派：他就是赫拉克利特。另一位哲学家出生在意大利南部，即伟大希腊的小镇埃利亚，他就是埃利亚学派声名最为显赫的哲学家：巴门尼德（Parménide）。

古希腊人给赫拉克利特起了一个绰号，叫作"无名之辈"（Obscur），我们只有一些关于他的仍显得有些神秘的碎片，他强调自然的对立力量之间的斗争与紧张关系，这些自然力量从未停止斗争。他不停地重复道，一切皆流，无物常驻；他认为，人不能两次踏进同一条河流，因为水永远不会停止流动与更新。对他来说，唯一能通过变化持续存在的只有变化本身。他是个天才。他明白，至少在太阳底下，没有永恒。他是多元、对立、生成、斗争、崩塌与变化的哲学家。

作为赫拉克利特的同时代人，巴门尼德坚决反对赫拉克利特的观点，他看见自己周围的世界的确从未停止变化，但这只是表象的世界，而表象无法诞生真理。唯一的真理存在于这两个字中："存在存在。"如果存在存在，那么不存在就不可能存在。不存在无法被思考，甚至无法被谈论："不存在无法被命名。"这与赫拉克利特的对立面斗争相差甚远。独特的、未被创造的、不变的、绝对平静的存在就像一个圆或一个球体一样完美。"只有存在存在；与此相反，不存在不存在。请注意这一点。"巴门尼德也是一个天才。他发现，世界的本源是存在，而唯一可以肯定的是，存在存在。

与赫拉克利特相反，巴门尼德是本体论的创始人，也就是说，他的知识不是关于事物、星星、矿物、植物、动物、人类、生命、一切变化的知识，而是关于作为存在的存在的知识，他通过流动和对立的游戏，成为辩证法之父。对赫拉克利特而言，一切都在运动，一切都在变化，一切都在崩溃。对巴门尼德来说，存在存在，这就足够了。

在整个哲学史上，或者干脆说在整个人类史上，赫拉克利特和巴门尼德像两个符号，两个对立的极点。他们围绕"是什么在正在发生的事情背后延续?"这个原始的问题给出了相互矛盾的答案，为所有他们的后继者开辟了道路。在他们之后的几个世纪里，有些思想家被称为"爱奥尼亚学派"，有些则被称为"埃利亚学派"。柏拉图凭借他的"理念论"，"崇高的理念"、"美丽的理念"、"正义的理念"，隐藏在绝对背后，它们是真正的现实，是世界上事物存在所依赖的现实。柏拉图是巴门尼德的天才弟子，他欣赏巴门尼德，并最终远远地超过了他的老师。亚里士多德追随柏拉图的脚步，凭借"第一性原理"和决定物质并使其从"潜能"转化为"现实"的形式，将柏拉图从天上带回了人间。十七世纪，斯宾诺莎

(Baruch de Spinoza) 提出"物质"的概念,辅以"属性"与"模式",令我们想起米利都学派与巴门尼德的存在论,斯宾诺莎也属于埃利亚学派。柏格森的《创造进化论》(L'Évolution créatrice) 是针对不存在的可能性或不可能性的长篇思考。反之,十九世纪的黑格尔、卡尔·马克思与恩格斯都属于爱奥尼亚学派。他们从中借用了命题与反命题这组相互对立的概念,并通过马克思主义将黑格尔的唯心主义辩证法逆转为辩证唯物主义和自然辩证法,他们赋予了古老的辩证法,即赫拉克利特提出的对立面的斗争与变化,以新生命。

老人的梦

然而，这并不复杂：时间过去而我常在，历史流逝而存在存在。在世界的动荡背后，有一种东西让它不断变化，并在变化中保持不变：我。草长莺飞，孩童夭折。在这个被创造又面临崩溃、被创造只是为了使之崩溃、崩溃之后又被创造的世界背后，有一个不动的、永恒的、无限的存在，它处在空间与时间之外，它萦绕在人的头脑中，而后者已陷入时空的汪洋，被死亡监视，是以，这些了解一切，改变一切，并自认为是一切的终结的人们，却不得不了解与死亡有关的一切。

迷宫的线团

在荷马之后,除了埃斯库罗斯、索福克勒斯、欧里庇得斯三位悲剧家以外,古希腊最伟大的两位人物当属柏拉图与亚里士多德。以上六位作家在体裁和精神上迥然不同,但在语言和境界上却殊途同归,他们在两千多年的时间里主宰着西方的思想、文学与哲学。事实上,他们的影响一直持续到今天。从漫长的中世纪后标志着回归古代的文艺复兴开始,尤其是在十七世纪到二十世纪之间,世界变得越来越快,以至于我们对世界的印象也变得越来越快。我们的祖先和老师是荷马、柏拉图、亚里士多德以及过去四个世纪以来反对他们的思想统治地位的人。

柏拉图是最伟大的哲学家之一。他经常提及荷马。他发明了一种新的文学体裁,并迅速将其发挥到极致:对话。柏拉图拥有非凡的外貌,来自一个显赫的贵族家庭。他曾如此描绘他的老师苏格拉底的形象,苏格拉底出身贫寒,体态笨重,面目丑陋,他从未书写过一行字,但苏格拉底的威望及其对弟子的影响可能永远不会被超越。在柏拉图的对话录《会饮篇》《斐多篇》《费德鲁斯篇》中,蝉在梧桐树下高声歌唱,苏格拉底和费德鲁斯将各自的脚浸在伊利索斯河里,《普罗塔戈拉篇》《理想国》《泰阿泰德篇》《蒂迈欧篇》等,则记录了苏格拉底和一些交谈者之间的对话,后者的作用似乎仅限于认可老师,但更重要的是挑战并深化自己的思想。苏格拉底提问。他一边说,一边听。大多数情况下,他以提问的方式开始。

"告诉我,你认为什么是美?"

或者:

"什么是善?"

又或者:

"什么是正义?"

对话者回答完毕后,苏格拉底,正如柏拉图写到的那样,通常是从认同对方开始的。

"啊,好吧,那是你的想法。由此可见……"

"当然了。"对方答道。

"所以我们不得不说……"

"当然，苏格拉底。你说得有道理。"

就这样，一连串的证据一个接一个地提出，直到得出一个明显的、无可争议的结论。这时，一切都进入了正题，苏格拉底又回到了最初的话语中。

"但我们之前不是说……吗？而这不就意味着……？"

"啊，确实如此，苏格拉底。"

"但这样我们就不得不说……"

另一条论证线索从已经给出的第一个答复出发，这条线索通向比前一个答复更远的地方，而且，更多时候，通向相反的结果。直到苏格拉底最后说：

"但这怎么可能呢？早些时候，我们得出了第一个结论；现在我们得出了另一个完全不同的结论。"

这是尴尬的时刻，是困惑的时刻，是无知的经历。我们一般将这个过程称为苏格拉底式的反问，也是我们将在笛卡尔身上发现的关于哲学的怀疑的原初形式。苏格拉底的名言"我唯一知道的就是我什么都不知道"并非过度谦虚的表现。它意味着，哲学家认为自己知道，结果却发现自己不知道，他不再满足于这些真理的表象——出于轻松、软弱或想要更快地行动的原因，我们最常满足于这些表象。他所追求的与其说是一个几乎不可能企及的绝对真理，不如说是对一个更高的真理的不断求索。

在对话录中，披着苏格拉底外衣的柏拉图将前者看作自己的模范，在文本中，苏格拉底也自然成了柏拉图的代言人。是以，我们很难区分哪些观点属于苏格拉底，哪些观点来自柏拉图。《会饮篇》与《理想国》的作者相信数字，相信几何，相信隐藏在可感事物及其欺骗性外表背后的现实，相信苏格拉底在《斐多篇》中舌灿莲花地谈起死亡与灵魂不朽。此外，他继承了毕达哥拉斯在两个世纪前提出的观点，并对其进行了改动。在毕达哥拉斯看来，地球、月亮、太阳和所有已知的行星都围绕着一个看不见的中心之火旋转。但在柏拉图看来，地球是位于宇宙中心的不动球体，而太阳、月亮、行星和恒星以恒定的速度围绕地球旋转，这一恒定的速度能准确地反映天体的运动，最重要的是，按照当时的说法，能够"拯救表象"。

老人的梦

思想的数量比人口少。随着时间的流逝与环境的改变,同样的主题以不同的形式在各个时代反复出现。从巴门尼德到柏拉图,从柏拉图到斯宾诺莎,从斯宾诺莎到海德格尔,针对存在的讨论生生不息。从赫拉克利特到黑格尔,从黑格尔到马克思,对辩证法的思索也绵绵不绝。讽刺和怀疑则一直从苏格拉底经由笛卡尔,再在克尔凯郭尔的思想中重现。而关于宇宙中心的思考也从未停止。它有时是一团火,有时是地球,或者太阳。直到帕斯卡与爱因斯坦,人们才发现宇宙中心根本不存在。

迷宫的线团

　　柏拉图是一位诗人、数学家、导演和哲学家。亚里士多德是一位科学家、自然主义者、生物学家和哲学家。他既是柏拉图的弟子，也是其对手。柏拉图的动作往往不大，几乎是犹豫不决的步伐，他在连续的表象中前进，并引入苏格拉底的角色，在提出问题与回答问题的对话中有所感悟。亚里士多德是第一位建立严格系统的人，他同时代的所有知识都储存在系统之内，并得到了妥善的安排与组织。他赋予这种知识以形式，而这种形式反过来又使它所包含的所有物质充满意义。如果我们对这个问题稍加强调，我们可以在柏拉图身上看到一个接近画家的艺术家，他将让我们思考来自一个比我们的世界更美、更高的世界的图像，而亚里士多德则是一位博学的雕塑家，他将使我们生活的这个世界的生物和事物从一块大理石上浮现。在梵蒂冈的《雅典学院》画作中，拉斐尔描绘了柏拉图食指向上，而亚里士多德食指向下的画面。

亚里士多德与柏拉图均认为表象背后隐藏着真实，而重要的是关于存在的学说，即本体论。柏拉图企图在永恒不变的理念天堂中找寻存在，那里是苏格拉底希望自己死后能够抵达的地方。亚里士多德以质料和形式、起因和结果的相互作用，将存在的一点秘密完美地带回地球，带回我们的日常生活中。

亚里士多德认为，地球属于不断变化的、不完美的世界。在地球上，生命、疲劳、死亡同存在的完美势均力敌。在这个由土、水、空气和火组成的世界里，自然运动是垂直方向的。所有东西都在一条直线上运动，从上往下或者从下往上运动。空气和火升到天上，土和水落到地上。与之相反，宇宙，这个由太阳和星星围绕地球旋转的完美世界，它既无磨损，更与死亡无涉。它没有开始，也没有尽头。它是不变的、永恒的。

五百年后，一位来自埃及的希腊天文学家托勒密综合了前几个世纪的知识，对之进行了修订，柏拉图式及亚里士多德式的宇宙有了最终的形式。太阳、月亮、行星和星星围绕着不动的地球做圆周运动。地球占据着中心位置，被八个同心的水晶球包围，分别承载着月球、太阳、当时已知的五颗行星——水星、金星、火星、木星、土星——最后是星星。附着在最外圈的球体上的是星星，它们彼此的位置固定不变，并作为一个整体一起旋转。而在最外圈以外的空间则超越了当时人类的知识。

托勒密的假说盛行了近两千年，其后遭到后来人攻击，他们的炮火主要对准以下两点：首先，地球位于万物中心的说法似乎越来越不能得到肯定，天启四骑士、哥白尼、伽利略、开普勒，以及稍后的牛顿，他们提出了另一个假说，一个更大胆、更有诱惑力、更能解释天体的运动的假说；然后，很久以后，一切大胆的人最终会提出质疑，即宇宙是否真的像亚里士多德所坚持认为的那样永恒不变。

老人的梦

对人类来说，问题不在于我是否存在。当取存在这个语义时，"存在"这个词成了一个奇怪的动词：我们能说存在存在吗？存在是一个既定的事实，它存在与否，则是另一个故事，而不是遵循历代人在不同地区对这个明显的、几乎不可能的梦想所形成的想法和形象，他们给这个梦想取名为上帝。在他们的头脑和心中，我来了又走，我消失了又出现。最初的人类没有理会我，我的统治建立得很晚。在亚伯拉罕的帮助下。在阿美诺菲斯四世时期的埃及泰尔埃尔阿马纳，在阿顿的帮助下，我曾短暂地现身。在摩西的帮助下。在耶稣的帮助下。在穆罕默德的帮助下。在野蛮人的帮助下，他们都是基督徒，除了匈奴人，他们战胜了罗马帝国，我得以在好几个世纪里实施统治，那是被他们称之为中世纪的漫长时期。接下来，我又出现在巴格达的哈里发、查理五世、路易十四、波旁王朝、哈布斯堡王朝、美第奇王朝、罗曼诺夫王朝、高门苏丹的统治时期。我在启蒙运动下显示出疲累的迹象，我在革命中——在托斯卡纳、英国、法国、俄国、中国——的民主下精神不振。科学的疾风把我吹干了。我枯萎了。我快要死了。我的死亡陆续由卡尔·马克思和尼采宣布。在夏多布里昂、陀思妥耶夫斯基、贝玑、克洛岱尔、T.S.艾略特、索尔仁尼琴、牧羊人、女裁缝、各地罪犯与当地酒鬼的帮助下，我得以从灰烬中重生。

迷宫的线团

以一个不动的地球为中心,亚里士多德的宇宙既无开端,也无结局。它是永恒的。在亚里士多德之前的几个世纪,大约在拉美西斯二世与特洛伊战争时期,却出现了另一种世界假说的雏形。《创世记》被认为是摩西的作品,用希伯来文写就,后被七十士译成希腊文,又被圣杰罗姆译成拉丁文。《创世记》是犹太人的《圣经》当中的第一部书,它的开篇早已家喻户晓,预示着一个伟大的未来:

起初神创造天地。

地是空虚混沌。渊面黑暗。神的灵运行在水面上。

神说:要有光,就有了光。神看那光是好的,就把光暗分开了。神称光为昼,称暗为夜。有晚上,有早晨,这是头一日。

这几行字不仅成了数派宗教的创始词句,其重要程度也远远超过了任何已出版与未出版的作品,尤其是以下几个概念:头一日,起初,创造天地的神,以及先于其他一切的光。

《妥拉》是《旧约》的首卷,也是顶峰。《旧约》还包括《先知书》《历史书》《约伯记》《诗篇》《箴言》《传道书》及《雅歌》。大约在一千年后,《新约》由四本《福音书》、一部分书信(主要是圣保罗的书信)以及圣约翰的启示录组成,《旧约》成为基督教《圣经》的一部分,它滋养了无数信徒的思想和作品,包括两位最杰出的教父和基督教神学家:圣奥古斯丁与圣托马斯·阿奎那。

奥古斯丁是柏拉图、普罗提诺和西塞罗的忠实读者,在度过了一段放荡不羁的生活及进行了数年的哲学学习之后,他在三十三岁那年皈依了上帝,并写下了《忏悔录》,这是所有哲学文本中最美的作品之一,也是在西哥特人的国王阿拉里克,他也是一个基督教国王,洗劫罗马之后完成的一部历史、政治性质的作品。八个世纪以后,圣托马斯·阿奎那的雄心壮志在于将亚里士多德体系中的永恒宇宙，这一假说在中世纪的欧洲几乎不见踪影，后来主要靠犹太和阿拉伯思想家的努力，又辗转北非、西班牙，被译回欧洲，与犹太-基督教中的神创论进行结合。

奥古斯丁和托马斯抱有同一个信念：他们二人对宇宙的看法与几个世纪以来的基督教传统不谋而合。从七世纪起，这一传统被穆罕默德的伊斯兰教所采纳，后者给它取了一个新的名字：信仰。

和绝大多数的基督教思想家一样，奥古斯丁也在追问信仰和理性的关系问题。作为希腊逻各斯的继承者，理性有它自己的标准以及强制性的要求。理性不允许自己被吓倒，也不能容忍中断，它不给自己的提问设限。此外，信仰指的是一种启示，对信徒而言，这种启示比理性更能使他们接近真理，因为启示并非来自别处，而是来自上帝本身，即赋予我们理性的上帝。然而这位预先知道一切的，成为一切的依傍的上帝，是信仰在理性的帮助下或理性在信仰的帮助下试图理解的第一个对象。

圣托马斯·阿奎那加入了圣多米尼克刚创立的多明我会，并被天主教会认定为"天使博士"。圣奥古斯丁的《忏悔录》更接近于柏拉图式的流畅，而非亚里士多德式的严谨，相反，圣托马斯·阿奎那从亚里士多德那里借鉴了对系统知识的渴望，但他不仅引入了宇宙的创造者上帝，还引入了整个天使的等级制度，即物质和最高存在的上帝之间的纯粹中介形式。天使们确保亚里士多德和托勒密结晶球体的旋转和天体机器的顺利运行，它们是天堂的机械师。

圣托马斯与圣奥古斯丁的对立不仅仅存在于对系统性或灵活性的方案的选择上，还存在于他们各自的气质、存在方式、思考及写作方式、对公共生活及国家概念的理解中。圣奥古斯丁对悖论、荒谬情有独钟。他甚至感叹道："我相信，因为它是荒谬的（Credo quia absurdum）。"他与深渊属于同一阵营。而圣托马斯则与秩序并肩。他向前一直追溯，经由已知的众生链，到天使及上帝。见证了罗马帝国的崩溃及永恒之城在雷霆万钧的力量下分崩离析的场面后，圣奥古斯丁认为国家是原罪所造成的后果。他对此十分警觉。圣托马斯则始终对没有排斥或断裂的统一保持关注，教会与国家如同恩典与理性一样相伴而行。而奥古斯丁则认为，上帝之城，即恩典统治的地方，与人之城隔绝，后者被抛弃在阴谋与邪恶当中，即最为糟糕的理性当中。对圣托马斯来说，恰恰相反，天堂与人间之中存在着连续性。悲剧感、断裂感、割裂感对他来说十分陌生。他弥合并加强了由奥古斯丁打破的，教会与国家间的联系。

作为一个思考恩典与宿命的哲学家，圣奥古斯丁的思想后继有人，如詹森派、波特·罗亚尔与帕斯卡。圣托马斯相信天使与肉体的复活，他同样重视经验及世间一切事物的等级的延续性，他对天主教会的教义产生了空前绝后的影响。

老人的梦

　　我是否存在？在无数人的思想和心中，我毫无疑问是存在的。没有任何关于荣耀或爱的梦想能像上帝的疯狂那样持久有力地占据人们的心灵。在不同的名字下，以不可思议的形式，一种东西代代相传：我。如果人们不找寻我，他们会做什么呢？他们一直在寻找，但他们从未找到我。如果他们真的找到我，他们就不会想到我。因为他们寻找我而没有找到我，因为他们否认我，因为他们希望得到我，所以关于上帝的思想一直牢牢占据着他们的头脑。我是一个隐藏的神。神之所以永生，是因为人类不断怀疑它的存在。

迷宫的线团

阿多斯、波尔多斯、阿拉密斯是大仲马笔下的三个火枪手。而新世界的三个火枪手分别是一位来自波兰的教士、一位来自德国的天文学家以及一位来自意大利的数学家：哥白尼、开普勒及伽利略。当这三人相继去世后，第四个火枪手诞生了，他是最伟大的火枪手——英国人牛顿。他们四人一举颠覆了亚里士多德与圣托马斯·阿奎那的世界。

当然，设计推翻旧世界的工匠不止四名。尼古拉·德·库斯（Nicholas of Cusa），十五世纪德国的红衣主教，第谷·布拉赫（Tyche Brahe），丹麦的天文学家，他认为——在他因不敢从日耳曼罗马皇帝与会的在布拉格举行的晚宴中及时退场而死于膀胱破裂之前——行星绕着太阳转，而太阳本身又绕着地球转。圣本笃的意大利僧侣乔尔丹诺（Giordano

Bruno）想象了一个无数生物居住的无限世界，因异端思想在罗马被活活烧死，教会认为他和许多人一样，在针对神圣天意所建立的永恒秩序的阴谋中扮演了重要角色。在所有这些寻求真理与巨大动荡的人物中，不管是幸福抑或不幸，人类史仍有哥白尼与他的革命、开普勒与他的椭圆定律、伽利略与他的审判的记忆。在他们之后第一个被铭记的，是艾萨克·牛顿爵士以及他的天体力学。

哥白尼提出了什么呢？他提议用更简单的以太阳为中心的模型取代亚里士多德与托勒密的以地球为中心的传统模型。这是一场重要性堪比史前人类发现火或发明文字的革命。对希腊人来说，人是万物的尺度，如今，人被迫从位于宇宙中心的宝座上下台。人被卷进了一个漩涡，在那里，人只是沙漠中的一粒沙。在哥白尼看来，太阳在宇宙中间一动不动，而行星，包括我们的行星，则围绕着它做圆周运动。

出于谨慎的态度，这一全新的模型以匿名的形式被提出，它只是纯理论的假说，还未引起天主教会的怒火，这一模型被投身数学与天文的开普勒采纳并给予纠正，他此前曾在图宾根学习神学。开普勒发现，行星运行的轨道不是圆形，而是椭圆。

伽利略是实验物理学的创立者，关于物体下落，他做过大量的实验，他也是现代自然科学的创始人，他证实并建构了法政牧师哥白尼用数学模型与假说构想的世界形象。他成了日心说的拥护者，并将支持传统宇宙观的人称为"傻瓜"，因为在传统的宇宙观念中，人是按照上帝的形象被创造出来的，人处在世界的中心，至少上帝是这么想的。这正是压垮骆驼的最后一根稻草。教会无法再视而不见。伽利略被传唤到罗马宗教法庭，并被判刑。他被软禁在佛罗伦萨附近的小镇阿切特里，几年后，他双目失明，死在了当地。"地球在转动！（Eppur' si muove！）"这句与我们星球有关的名言是否真的出自伽利略之口呢？

老人的梦

人类的新发现和新发明接连不断。当一个个隐藏的自然规律，或者他们谓之为真理的概念，被接二连三地发现时，他们开创了科学。当他们展开想象，发明了他们称之为美的概念时，他们创造了艺术。真理同自然一样，具有约束力。美同想象一样，自由自在。

哥白尼的发现。伽利略的发现。牛顿的发现。爱因斯坦的发现。每个人的发现都颠覆前人的体系。

荷马的创造。维吉尔的创造。但丁的创造。米开朗基罗、提香、伦勃朗、莎士比亚、拉辛、巴赫、莫扎特、波德莱尔、普鲁斯特的创造。没有一个人的创造推翻前人的作品。

迷宫的线团

在构建新宇宙模型的过程中,技术的进步起到了决定性作用。在受到荷兰的一种新仪器的启发后,伽利略制作了一个直径约三厘米的镜头,并将其安装在一架小型望远镜上。伽利略是用望远镜瞄准天空的第一人,他发明的望远镜能将图像放大三十二倍,由此,银河系中可见的星星数量从几千颗增加到了几百万颗。无独有偶,二十世纪中期,人们在帕洛玛山上架设了一架大型抛物线望远镜。目前,直径十五米的巨型望远镜也纷纷在各地现身,在地平线上显示出清晰的轮廓,它们能够分辨出比肉眼可见的最微弱的星星还要微弱数百万倍的天体。

这项技术的进步的核心在于《创世记》中所歌颂的上帝之光。人类为捕捉光线付出了巨大的努力,又出现了如何记录光线的问题。为了更好地进行研究，天空中所显现的图像必须被保存并被记录下来。十九世纪二十年代，法国人尼塞福尔·涅普斯（Nicéphore Niépce）发现了摄影术，他所开辟的新视角使得成千上万颗星星的图像得以被确定在玻璃板或纸上。

航空业的兴起及对太空的征服使我们对光的掌握进入了一个新的阶段：早在二十年前，哈勃太空望远镜进入了轨道，它以十倍的细节将比地面上最大的望远镜所呈现的亮度低五十倍的星星带到了我们面前。

光的速度非常快，比一切都快：每秒三十万公里。但光的传播不是瞬时的：光从距离地球一亿五千万公里的太阳到达我们这里需要八分钟，它使我们能够看到早已死亡的恒星，它使我们能够看到历史上追溯到宇宙开端的天体。换言之，用今天的望远镜观看远处的空间，就意味着穿越流逝的时间。

老人的梦

关于世界的小说之所以有趣,是因为谜底的解开需要时间。只有未来可以发现过去。人类则通过思想重走历史之路。年纪越大,才能对青春有越多的了解。起初,人们对事物的起源一无所知。随着时间的流逝,他们才越来越了解。过去的轮廓随着时间的远去而变得更加清晰。唯有站在世界的尽头,才有可能揭晓起点的秘密。

迷宫的线团

在来自东方的黑死病袭击欧洲和亚洲并造成近一亿人死亡的三百年后，在十四世纪中叶，瘟疫仍然在许多城市，特别是许多港口肆虐。在威尼斯，1576年夏天，瘟疫在几周内杀死了超过四分之一的人口，包括年迈的提香，他被葬在圣方济会荣耀圣母教堂内，左右分别是他的《圣母升天》和《佩萨罗圣母》。巴尔达萨雷·隆盖纳，为了感谢圣母玛利亚在1630年结束了疫情，在大海海关后面修建了礼炮教堂。马赛将在1720年被瘟疫笼罩在阴影之下。

1666年，为了躲避在伦敦以及大多数城市里肆虐的瘟疫——伦敦很快就会沦为一场大火的牺牲品，这场大火将摧毁城市五分之四的地方——一位名叫艾萨克·牛顿的年轻英国人，刚从剑桥大学以优异的成绩毕业，回到位于乡下的母亲家中避难。在他二十三岁那年,在林肯郡的房子里,他推翻了此前哥白尼与伽利略所动摇的,亚里士多德、托勒密及圣托马斯·阿奎那的宇宙体系。在几个月的时间里,在远离所有人事的情况下,当瘟疫继续在他的周围肆虐时,他发明了微积分和无穷小微积分,他对光的本质有了关键的发现,他还发现了万有引力定律。

就像赫拉克利特与巴门尼德愤怒地盯着对方,亚里士多德受到柏拉图和托勒密的冲击,伽利略追随哥白尼与开普勒的脚步一样,牛顿也并非孤身一人。大约在同一时间,一位名叫莱布尼茨的德国哲学家也在研究无穷小微积分,他是住在阿姆斯特丹的葡萄牙犹太人斯宾诺莎的对手和好友。而一位名叫惠更斯的荷兰数学家、天文学家也以另类的想法,对光的本质进行着前瞻性的研究。惠更斯确信光是由波组成的,而牛顿则认为它是由微粒组成的。要等到二十世纪尼尔斯·玻尔[①]、路易·德布罗意以及波动力学出现,才能够确定光是由波动的粒子组成的。

在他的同时代人与后继者眼中,牛顿之所以重

[①] Niels Bohr,丹麦物理学家,他颠覆原子结构理论,揭开微观世界的奥秘。

要，之所以荣誉等身，是因为他提出了一条普遍法则，它取代了以前所有的体系，为宇宙彻底换了一张新面孔。宇宙中的人类不仅能够理解它，还能穿透宇宙的秘密，他几乎重新创造了一个宇宙。一个无法解释的奇迹！

老人的梦

一直以来，只有一部小说：关于宇宙的小说。小说家也只有一个：我。其他人，那些写书的人，获奖的人，吸引读者的人，成名的人，被人们熟知名字的人，他们的语言是我的馈赠，他们换了种方式，组合我创作的碎片。至于那些绘画和雕塑的人，制作电影和戏剧、音乐和歌剧的人，他们也一样：他们用我给他们的眼睛、双手和耳朵来吸引观众、听众与随时准备为他们呐喊的崇拜者。

这里有爱、知识、智慧、好奇心、野心，以及它们的替代品：竞争、仇恨、羡慕、嫉妒、暴怒、愚蠢、疯狂。这里有战争、悲伤、不愉快、叛乱。你把所有这些放在一起，你摇晃拼图，你让碎片掉出来，你画处女、宫女和苹果，你雕塑圣人与英雄，你建造金字塔、寺庙、大教堂、交叉的道路与吊桥，你写小说、悲剧、闹剧、回忆录、交响乐、宇宙体系、学习钓鱼或成为能工巧匠的手册,还有神学。你爱着,痛苦着,你在回忆,在杀戮,在冥想宇宙:这就是世界的小说。

迷宫的线团

一言以蔽之,牛顿发现了自由落体定律,并将其应用于哥白尼、伽利略建立的宇宙模型上。

这一发现缘起于一个表象,就像亚当和夏娃堕落前夕在天堂里的传说,双目失明的俄狄浦斯得到女儿安提戈涅的帮助,穿睡袍、正喝着咖啡的巴尔扎克被伏脱冷、吕西安·德·吕邦泼雷拦着,普鲁斯特在床上被哮喘病痛苦地钉在那些折叠的小纸片中——那是《追忆似水年华》的起源。在英国乡村,低矮的树篱、深绿的草坪、果树、点缀着云朵的淡蓝色天空,艾萨克坐在苹果树荫下的草地上。他在想什么呢?也许在发呆,也许在思考上帝、他的研究、世界或存在的奥秘。一颗苹果从树上落下,砸到他的头上或脚下。一个想法闪过他的脑海:苹果从树上掉下来是因为它被地球吸引着。

这个朴素的想法，比阿基米德从浴缸里跳出来大喊"尤里卡！我找到了！"还要朴素。在锡拉库扎的街道上，就像克里斯托弗·哥伦布决定，既然地球是圆的，那就一直向西去寻找印度群岛，而不是像其他人那样一直向东，他的出发将改变世界。

伦敦瘟疫肆虐时，身处英国乡村的牛顿发现了万有引力定律，他指出，任何物体都会被任何其他物体吸引，物体的力量越大，物体间的距离越近，引力越大。牛顿的天才之举在于他将母亲花园里掉落的苹果与地球围绕太阳、月亮围绕地球的运动联系在一起。苹果、月球、地球与天空中的所有星星都服从同一个规律：普遍的吸引力。

旧的模式被打破了。天空和地球之间不再有任何区别。不再有水晶球，也不再有天使让它们运转起来。在这个一切都在运动、一切都相互联系的世界里，存在一个单一的法则。

牛顿不仅解释了物体如何运动，而且还发展了分析这些运动所需的复杂数学。物体如果被抛出，没有受力的情况下，就会继续以同样的速度直线运动。但是，由于每个物体都会以与两个物体的质量和它们之间的距离成正比的力吸引其他物体，所以月球并没有继续直线前进，而是围绕地球旋转；而地球也没有继续直线前进，而是围绕太阳旋转。

月球之所以没有像苹果一样落到地球上，是因为它的自然运动构成了一种与万有引力相反的力量。这种将月球推离地球的力，被称为离心力，与重力完全相等且方向相反。如果引力超过了离心力，月球就会像苹果一样落到地球上。如果月球运动产生的离心力战胜了引力，那么月球就会摆脱地球的吸引而消失在无限的空间中。但这两种力量相互平衡，并相互抵消。月球顽强地围绕地球旋转，就像地球顽强地围绕太阳旋转一样。而牛顿定律准确地预测了地球、月球和其他行星的轨迹运动。

牛顿死后大约四分之一个世纪，另一位人物诞生了，他是法国数学家、天文学家皮埃尔-西蒙·德·拉普拉斯。他是农民的儿子，达朗贝尔的门徒，波拿巴年轻时在皇家军事学校碰到的考官，也是师范大学与综合理工大学的教授。他还是概率计算专家，在"雾月政变"布鲁迈尔事件后曾短暂地担任内政部长，在复辟时期曾是帝国伯爵与侯爵，他向拿破仑提交了《数学原理》，其灵感来自牛顿及其后继者的工作。皇帝向他指出，在他所创建的世界体系中，并无上帝的一席之地。

"陛下,"拉普拉斯回答道,"上帝仅仅是一个假说,窃以为不如避之不谈。"

老人的梦

哥白尼革命、万有引力定律或是拉普拉斯侯爵的观点丝毫不能对我的存在产生任何影响。我从未停止对人类的钦佩，以及他们为了解我和我的宇宙所做的努力。但我也没有停止享受迷宫的乐趣，他们在迷宫中挣扎，还假装把我关在迷宫里，甚至试图让我从迷宫里消失。

最让我吃惊的，是看到我的名字出现在一场场宇宙学革命及一个个上文提及的系统中。与牛顿一起倒塌的并非我的系统，而是另一个人类系统所取代的人类系统。如果有什么东西在这场动荡中消失，那绝不会是上帝的形象，而是作为宇宙的某个部分的人类对围绕着他们的宇宙所建构的某种想法。我，我丝毫未被动摇。在一场场变动后，我的存在丝毫未受影响。

水晶球是荒谬的，天使们也毫无用处。但我与它们毫无瓜葛。是人类发明了它们。现在，对表象的解释因为万有引力更进了一步，但我们仍无法对天空和地球上的事物为何如此做出恰当的解释。真实一直都在那里，不过是我那仍无法解释的梦罢了。

一位年轻的英国天才发现，天空中的星星精确地相互围绕着对方旋转，它们既能避免在耗散的疯狂中远离彼此，又能避免在难言的熔浆中相互碰撞。是什么使得它们转向？人类宣称，这次他们是对的，是由于普遍的吸引力和引力法则。然而这些法则却展现了我的力量，它们比任何水晶球或一切天使都更有说服力。

迷宫的线团

在被哥白尼赶出世界中心后,人类又被牛顿扔进了机械宇宙,人类仍是上帝按照自己的形象创造的生物。人类祖先生活的年代还未远去,那在他们的心中留下了迷人的回忆,那是在人间天堂的梦幻里,对于高贵而富有诗意的生活的回忆。直到他们犯下一个错误,使得那梦幻般的假象难以持久。在第二帝国中期,正当莫尔尼、奥芬巴赫、维多利亚女王及梅里美的《卡门》出现的年代,等待人类的,是比整座层层叠叠的宇宙模型更为严苛的考验。一位英国人,同时也是一位伟大的山鹬猎手与蝴蝶收集者,发表了一部爆炸性的作品:《物种起源》。

查尔斯·达尔文并非研究生物分类问题的第一人。早在十八世纪的瑞典,博物学家卡尔·冯·林奈便在此领域颇有建树。与林奈同时代的狄德罗曾天才般地写下:"所有的生命都在彼此之间循环。一切都在永恒的变化中。每种动物或多或少都是人,每种矿物或多或少都是植物,每种植物或多或少都是动物。只有一个个体,它就是整体。出生、生存、死亡不过是改变形态。"然而,林奈的观点却与其相悖,他认为由上帝创造的物种是固定的,它们服从"永恒的繁殖与增殖规律"。狗生狗,猫生猫。

法国人乔治·库维尔是古生物学的创始人,他开启了人类对化石的研究。库维尔不仅注意到化石间的多样性,还从遗骸中看到了现已灭绝的物种的存在证据,但这并非进化的证据。然而,库维尔是一位物种不变论者。最早支持物种进化及转化主义的两位自然科学家分别是若弗鲁瓦·圣伊莱尔[1]和让-巴蒂斯特·拉马克[2]。

若弗鲁瓦·圣伊莱尔从歌德那里继承了一个想法,即"所有植物的形态均可从某个唯一形态中推导而来",一切植物均始自某个原始模型。巴尔扎克曾

---

[1] Geoffroy Saint-Hilaire,法国博物学家,曾获选随拿破仑军队前往埃及,参与科学调查。
[2] Jean-Baptiste Lamarck,拉马克骑士,法国博物学家,最先提出生物进化学说,是进化论的倡导者和先驱,受卢梭影响巨大。著有《动物哲学》,达尔文的《物种起源》对其多次引用。

把《高老头》献给若弗鲁瓦·圣伊莱尔,"以示对其作品及天分的敬仰之心"。在若弗鲁瓦·圣伊莱尔看来,从理论的角度看,"只存在一种动物"。每一种动物都生活在它的骨架里或骨架外:昆虫的骨架是他们的甲壳,即在身体之外;脊椎动物,如哺乳动物、鸟类、爬行动物、鱼类等的骨架则在身体之内。于他而言,创造是造物主调用几项简单的法则而产生的结果。

让-巴蒂斯特·拉马克则为生物日益复杂的观点辩护,他认为生物的多样性是根据它们进化的环境以及后天特征的遗传形成的。他对长颈鹿的描述家喻户晓:"众所周知,长颈鹿是最大的哺乳动物,它们栖息在非洲内陆地区,它们所赖以生存的土地几乎寸草不生、干旱异常。因此,长颈鹿不得不吃长在树上的叶子。这一习惯的养成使其脖子越变越长,以至于其身高可达六米之高。"拉马克不相信所有生物共享同一起源。在他看来,持续的转变与遗传性转变是平行进行的,每一物种从不同的起源逐渐转变,从而形成多样化的局面。他的《动物哲学》出版于1809年。同年,查尔斯·达尔文出生,他的才华将使拉马克原本新颖、深刻的观点顿时黯然失色。

老人的梦

　　上帝在时间之外，也在时间之内。因为思考他、崇拜他、反对他的人都被时间带走了。上帝是永恒的，也是历史的——这同时也是人类的历史。

　　从十九世纪中叶到二十一世纪初，在这段一百五十多年的、神人共处的历史中，人类不断谴责上帝的存在，并企图将其消灭。对于上帝而言，这是一段辛酸的历史。

迷宫的线团

他生得高大威猛,健康状况不好不坏,个性安静,乖巧听话,是当时一位受人尊敬的医生的儿子。这位医生同时也是一位好父亲、好丈夫,行事较因循守旧,遵照传统。作为近代最具决定性意义的革命的使徒,他年轻时过着漫不经心的生活。他的医生父亲喝骂道:"你只关心打猎,狗啊、老鼠啊。你将成为家庭的耻辱!你也将为自己感到耻辱!"就在这位在牛津大学学习植物学课程的空想家准备成为一名神职人员时,一个意想不到的机会出现了:他得到了一个机会。他将陪同罗伯特·菲茨罗伊这位年仅二十六岁、性格难缠的上尉,进行一次漫长的学习之旅。他接受了。他登上了"贝格尔号",于1831年12月27日,"在多次被猛烈的西南风驱赶上岸后",在普利茅斯起锚,开启了为期五年的环球航行。1836

年 10 月 2 日,"贝格尔号"回到法尔茅斯。

在这段为期五年的航行中,他曾在巴西、阿根廷、福克兰群岛、火地岛、智利、加拉帕戈斯群岛(他从那里带回了整个种类的雀鸟)、澳大利亚、科科斯群岛、毛里求斯与南非收集信息,记录观察结果与发现。与此同时,他染上了一种热病,它将纠缠他终生。四分之一个世纪后,他阅读了马尔萨斯的作品,后者认为地球上的人口以几何级数增长:1、2、4、8、16、32……而生活资料却是以算术级数增加:1、2、3、4、5、6…… 这将导致地球人口超载。几年后,他与表妹艾玛完婚,并共同养育了十个孩子,1859 年 11 月 24 日,他创作的《物种起源》在伦敦出版,取得了空前的成功:首版印刷量为一千二百五十册,在一天内售罄。巨大的成功旋即变成了空前的丑闻。二十三年后,这位漫不经心的天才与艾萨克·牛顿同被埋葬在威斯敏斯特修道院。

《物种起源》的诞生给当时的人们以轰然一击,那么,它的作者在书中到底说了些什么呢?在受到马尔萨斯的启发后,他写道,一切物种都是同一个祖先的后代,而最不适应的物种则被自然选择淘汰了。不仅所有的人类都是兄弟,而且所有的生物都是表兄弟，都有着相同的起源，这种说法谦逊得吓人。达尔文还在作品中谨慎地提及人类与猴子之间的亲缘关系。他没说错。《物种起源》在人类与动物界、猴子与人类之间编织起了密切的联系，此举冒犯了绝大多数读者的自尊。

1860年6月，即《物种起源》出版七个月后，牛津举行了一场历史性的辩论，在场人数高达七百人。辩论的一方是牛津大学主教塞缪尔·威尔伯福斯，素以凶猛著称；另一方则是进化论狂热的支持者，生理学家与胚胎学家托马斯·赫胥黎。他当时被戏称为"达尔文的斗牛犬"，他的两个孙子日后也将声名赫赫。其中一位名叫朱利安·赫胥黎，是一位生物学家与动物学教授，曾任联合国教科文组织的首任总干事；另一位名叫阿道司·赫胥黎，是一名辛辣的、充满矛盾的怀疑论者，晚年受到佛教和印度的影响，他也是一名小说家和散文家，撰写了一系列令人惊叹的杰作，其中包括《针锋相对》和《美丽新世界》。

威尔伯福斯与赫胥黎之间的著名辩论早已成为传说，无疑也早已被美化。主教向达尔文的支持者提问，你声称自己与猴子之间有血缘关系，那么究竟是你祖父还是你祖母是从猴子变来的呢？托马斯·赫胥黎答道，我宁愿自己的祖先是一只猴子，也不愿他是一个拒绝面对真相的愚蠢主教。

比起哥白尼或牛顿的体系，进化论引发了一场对宗教与信仰产生致命冲击的革命。人类不再是上帝按照自己的形象创造的，而是诞生于一个没有外部意志，也没有任何原因，或任何外部所强加的意义的过程当中。人类被驱赶出了宇宙中心，也被剥夺了最高贵的冠冕。他的长相和那些猴子，他的表兄弟，相差无几，他不再与上帝相像，也不再是上帝之子。如果达尔文的论辩是正确的，即人类的身体自动物而来，而动物本身又从植物而来，植物又从细菌而来，那么在跨越数百万年的进化过程中，神圣的灵魂是在哪个阶段进入人类的身体呢？我们既是灵长类动物，又是鸟、鱼、树木、藻类、细菌、星尘。原罪又从何处潜入呢？如果我们与猴子、狗和猫、老虎、大象、乌龟和海绵、海藻和细菌共有同一个起源，那么上帝在生命的进化中还能起到什么作用呢？在这个自给自足的世界里，上帝是否仍有一席之地？

当人类发现自己的来历卑微时，骄傲将入侵他：进化论使上帝变得多余。

老人的梦

进化,从何而来?从无到有,从时间的空气中,从偶然到必然?必然性、法律、数字、事物的秩序,那不就是我吗?机会、惊喜、意外、未来,那不也是我吗?而时间,难道不是我吗?无,不也是我吗?我是整体,也是虚无。人类世界所发生的一切均来自我,更何况,人类的世界,即我的世界啊。当他们认为什么都没有的时候,在那里的仍然是我。

人类又玩起了万有引力的把戏。他们一点点地发现我的方式、我的法律,前提是,我允许他们发现,而他们却一边把我的东西扔回我的脸上,一边大声喊道:"老头子已经变得一无是处了!"倘若我是他们中的一员,即被山鹬猎人视为狂妄自大的那些人,那些声称自己不同于猴子的人,我一定会向支持进化论的人大喊:"萤烛之光,岂敢与日月争辉!"

迷宫的线团

天主教会很快便反应了过来。1860年,《物种起源》出版一年后,与威尔伯福斯—赫胥黎之争几乎同一时期,德国主教团在科隆举行的特别会议上对达尔文的理论作出了正式的判决。主教团宣布,认为人类是从高等动物的物种进化而来的说法与《圣经》相抵触,并无法与天主教信仰相容。直到二十世纪中叶,梵蒂冈才允许天主教研究人员对人体进化这一悬而未决的问题进行研究。1996年,约翰·保罗二世在谈到进化论时表示,"这一理论不仅仅只是一种假说。"人类起源于一对原始夫妇的说法不再仅仅是一个宗教问题,尽管此种信仰仍在天主教会中得到广泛的认同。

在新教徒占多数的国家,尤其是在美国,反应仍十分强烈。宗教激进主义者和传教士很难接受人类不是亚当和夏娃的后代。1924年，田纳西州成为美国所有州中第一个禁止教授进化论的州。次年，一场被称为"猴子审判"的诉讼成功将一位生物学教授告上了法庭，起因就是这位教授将人类的谱系往前追溯到了动物界。1981年，阿肯色州和路易斯安那州考虑将"神创论"与"进化论"并列，为这两种理论分配同等的教学时间。最高法院对此表示反对，"神创论"不是一种科学理论，而是一种宗教教义。2008年，共和党候选人约翰·麦凯恩虽然个人坚持达尔文主义，但认为"每个美国人都应该了解这两种理论"，而民主党候选人巴拉克·奥巴马则宣称自己反对公立学校的"神创论"教学。2004年，根据盖洛普研究所的民意调查，45%的美国人认为"上帝创造了如今的人类"。2009年，48%的美国人认为进化论是"对地球上生命的最佳解释"。

老人的梦

> 我的敌人们变得激动起来了,他们有恃无恐地反对我,不义地恨我的人也增多了。
>
> 他们以德报怨,他们将我拆得四分五裂,只因为我坚守善。
>
> 他们刺穿了我的手和脚,清点了我所有的骨头。
>
> 他们看着我,研究我,他们分走了我的衣服,为争夺我的外衣而抓阄。

是的,事情当然已然改变。在很长一段时间里,人的命运取决于上帝。如今,在牛顿和达尔文之后,特别是在马克思、尼采与弗洛伊德之后,上帝的命运由人类掌握。

  又有谁会相信存在的命运掌握在被造物的手中呢?存在存在,仅此而已。

迷宫的线团

达尔文是一个迷人而谦虚的人："鉴于我自己平庸的资质，我对于自己对科学界人士的观点能够产生如此大的影响而感到万分惊讶。"他被自己的发现所淹没，慢慢地、逐渐地、几乎不情愿地、违背自己意愿地，他远离了童年的信仰。婚后，早在他的惊人作品问世以前，他曾向一位朋友坦言，他对物种可变的说法深信不疑。他补充道："这就像承认自己犯了一桩谋杀案。"他一生都保留着妻子艾玛的一封信，她在信中谈到"放弃启示的危险"，并写道："如果我们无法永远属于彼此，我将变得非常不幸。"在这封信上，他用他的手写下了下面这些狂热的、有些参差不齐的字："当我死后，请你知晓我曾多少次亲吻这封信，又有多少次为它流泪。"

让他的物种进化理论变得戏剧性的，与其说是共同的起源、人类与动物界的密切亲属关系、自然选择、马尔萨斯启发的生命之争，不如说是对任何整体设想、任何外部意志、任何神圣意图以及任何最终结果的彻底抹杀。上帝创造世界是以设想的形式所确定的，以事先的目的所推动的整段历史。达尔文的理论取代了这场神圣的奥德赛式的历险记，它取代了神正论，并代之以一种带有细微的、随机的、重复的调整的谱系，其中，最适合且最适应的人能够幸存下来。创造转变为出现，最后可以断定造物者并不存在。

达尔文认为"人类——奇妙的人类"可能只是进化机制中的一个例外。他写道："我不是无神论者，我只是把造物主从这个漫长、美妙、悲惨、恐怖、荒诞和残酷的冒险中解脱了出来，而我们正是诞生于这场冒险。"但显而易见的是：不，人类"并不是一个例外"。人类必须"受制于同一法则"。在《物种起源》出版的十二年后，《人类的谱系》消除了所有的模糊性，将进化的法则应用于人类。像其他所有的物种一样，人类不需要上帝。

老人的梦

"昨天我在草地上睡着了，醒来后发现周围有许多鸟儿在唱歌，有一些松鼠在爬树，有一只啄木鸟在微笑，这是令人感到喜悦的一幕，我并不关心这些鸟或这些动物来自哪里。"这些句子是谁写的？是达尔文。同一个达尔文在某处谈到"最美丽和最奇妙的形式的无限性"，而且他还补充道：那才是"最有趣的问题，是自然史真正的灵魂所在"。

世界并非混乱不堪。宇宙中有秩序存在。宇宙中也有美。秩序从何而来？美丽从何而来？无人能够清除人们头脑中的这个想法：世界是一个正在进行中的设想，尽管存在如此之多的邪恶与痛苦，它仍藏着一个未公开的意义。

今天的科学正在摧毁昨天的无知，而在明天的科学看来，今天的科学就是无知。一种冲动存在于人的心中，那就是对其他事物的冲动，绝不是对知识的冲动，因为后者不足以解释世界，世界的秘密钥匙仍藏在其他地方。

迷宫的线团

达尔文不仅发现了进化和自然选择的规律,还颠覆了宇宙和生命的年表。

自古以来,宇宙的年岁一直是无数矛盾与猜测的中心。奥林匹亚诸神在成为不朽前相互生养,并诞下了天空、陆地与海洋,诸神的谱系与神话故事并未取得亚里士多德的信任,他同大部分的希腊哲学家一样,认为世界是永恒的。与之相反,犹太人和基督徒相信宇宙的开端:《圣经》教导说,上帝用六天时间创造了世界,然后在第七天休息,这就是犹太教的安息日、基督教的星期日以及穆斯林的星期五的起源。对圣奥古斯丁来说,宇宙大约有五千年的历史。十七世纪,英国圣公会大主教詹姆斯·乌舍尔(James Ussher)在对《圣经》中的年表进行了细致的调查后,这一定花费了他大量的时间与精力，将世界的创造日期定为公元前4004年10月23日，在上午9点和下午4点之间。博须埃相信，宇宙有几千年的历史。布封①则在几个不同的期限间犹豫不决，从七万五千年到二十万年。最后，他谨慎地表达了自己的观点，他倾向宇宙的年数有几十万年，他解释道："我们越是延长时间，就越能接近大自然造就的，关于时间的真相与现实。"许多美国圣经宗教激进主义者仍然相信世界是在四千年前创造的。其中一些人敢于追溯到一万年前，大致是上一个冰期结束的时候。尽管已有比所谓的创世日期更早的岩石、植物和骨骼的发现，但反对者却反驳道："上帝在创造世界的同时也创造了这些化石，以检验他的追随者。"

达尔文的进化论第一次将植物学、古生物学、胚胎学和动物学结合到生物学中，这是一门关于生命的一般科学，能够解释在数亿年中出现的细菌、蓝绿藻、多细胞生物、水母、无脊椎动物、绿色植物、鱼、昆虫、森林、最初的鸟类、爬行动物和恐龙——由于这样或那样的原因，也许是小行星的坠

---

① Georges Louis Leclere de Buffon，十八世纪法国著名作家、博物学家，代表作《自然史》。

落，它们在六千五百万年前从地球上消失——哺乳动物、花朵和绿色草原，最后还有过去的灵长类动物。哺乳动物、鲜花和绿草地，最后是灵长类动物，就在刚才，人类的不同形象从这些地方开始出现。从用手打造工具的哈比人，用两只后脚走路并仰望天空的直立人，到我们的智人，后者对自己和宇宙进行着思考。

希腊人、笛卡尔和牛顿的不变世界与进化论的世界之间的巨大区别在于，达尔文是在绵延数百万年的漫长历史中创造生命。

在法国大革命前夕发表的《纯粹理性批判》中，康德回顾了四个著名的"空隙"，也就是说，四个死胡同，四个无法逃脱的矛盾，他将其命名为二律背反。第四个二律背反涉及宇宙中偶然性和必然性之间的对立；第三个二律背反涉及我们的世界的严格确定的特性和其中明显的自由行为的可能性；第二个二律背反涉及物质的不可分割性或无限可分性。第一个二律背反是最简单和最引人注目的：世界是有限的还是无限的？康德的结论是，不可能在这两个论点之间做出选择：无法言明世界的有限性，也无法言明其无限性。在《纯粹理性批判》发表四分之三个世纪后,《物种起源》并没有解决康德所确立的、被他认为是无法解决的选择。在阐述进化论时,达尔文还做了另一件事,而且做得更好:他开辟了一条新的道路,延长了生命和世界的历史,并赋予它此前无法想象的时间维度。

  康德属于十八世纪末。达尔文在十九世纪中期发表了他的伟大作品。直到二十世纪下半叶,人们才有可能为这个先后被认为是封闭的和无限的、最终也许不是永恒的世界设想一个起源:一个非常遥远的起源,但毕竟是一个起源。

老人的梦

他们的画家、雕塑家、作家和哲学家经常想象我生气、不知所措、报复心强、愤怒。当然,我并非如此。如果我是一个人,或者是超人,我会对我的工作感到高兴,像那些天使一样轻盈,他们的翅膀阻止我跌入思想和感情的深渊,而你们这些被骄傲冲昏头脑的人则受到这些思想和感情的困扰。

有时,世界令我悲伤。但更多的时候,它令我喜悦。它充满了惊喜。达尔文从我这里拿走的东西,爱因斯坦又给了我。

迷宫的线团

在新兴技术与数学的联合支持下,二十世纪将有所发现:宇宙由两个相反的、对称的无限构成——无限大与无限小。一想到这些就不可能不感到头晕目眩,一切都在无限大与无限小中以惊人的速度运动、移动。

一个星系是由一百、一千、一万亿颗恒星组成的集合。地球所在的星系相当小,称为银河系,或者一种更简洁,同时也更有诗意的叫法:银河。银河系包含一千亿个太阳。处在几十亿公里外的,是离我们最近的星系,仙女座的双星系。

地球带着我们以每秒三十公里的速度绕太阳旋转,而太阳又带着我们以每秒二百三十公里的速度绕银河系中心旋转。银河系与距它遥远的伙伴,仙女座星系,以每秒九十公里的速度撞向对方。它们都属于天文学家所说的"本星系群"。该本星系群又以每秒六百公里的速度向处女座、长蛇座、半人马组成的超级星团移动。规律的星之舞并不止于此：这一挑战想象力的本星系团又撞向另一个我们几乎一无所知的大型星系团，天文学家们为其找到了一个更为恰当的术语："巨引源"。在"巨引源"之外，还散落着不为我们所知的，成百上千亿的星系。

在哥白尼、伽利略及牛顿创立的天体力学中，这个席卷我们每一个人的宇宙芭蕾仅仅是一段非常小的插曲。不幸的拉普拉斯也曾以草案形式将天体力学的想法提交给法国皇帝，这位统治欧洲的法皇自以为强大无比。未来，还将出现另外三种智性的构造，它们将再次打破我们对周围世界的看法：发现星系逃逸、宇宙背景辐射，以及最为重要的，广义相对论。

老人的梦

啊,非常好!问题都得到了解决。我是芭蕾舞大师。我与世界共舞。尽管人们还可以把我赶出家门,或把我逐出门外,但现在,我又能从窗户爬进去了。

迷宫的线团

埃德温·哈勃，太空望远镜就是以他的名字命名的，曾是一位美国律师，在放弃了律师的工作以后，他专注研究星空。在首次证明我们银河系以外有天体存在后，哈勃还有一个重大发现：除了我们刚刚提到的本星系群或区域星系群的拉动之外，那些存在于辽阔宇宙中的遥远星系似乎都在全速逃匿，而且距离越远的星系，逃匿速度越快。巨大的星系系统不仅仅是在填充空间，它像一个从未停止充气的气球，正在以惊人的速度向任意方向扩张。

这一观察导致了一个假设：在遥远的过去，天体间的距离比现在更近，在几十亿年前的某个时刻，这些不同的天体聚集在一个小点上，构成了当时的整个宇宙，而宇宙的密度是无限的。一个模糊的想法逐渐从埃德温·哈勃的观察成形：宇宙可能是从一个原始事件膨胀而来，这仅仅是一个假想。

老人的梦

瞧瞧！看看这个！

我可不会告诉你人类的感官有多少种用途——尤其可用来看见、听见，也可以用来看、听。

迷宫的线团

哈勃用他的眼睛观察天空并建立了他的理论。三十五年后,起作用的是耳朵。一个由两名研究人员组成的小组正在为贝尔电话公司测试一种雷达,一种高度敏感的声音探测器,当时他们被一种不知从何而来的不寻常的噪音所干扰。这两位物理学家检查了他们的仪器,发现探测器内有鸟粪。他们以为一切都是某只鸟的杰作。在他们清理完毕后,噪音问题仍未得到解决。无论探测器在地球自转和公转的同时指向哪个方向,无论白天还是黑夜,噪音从未停止。两人过了一段时间才意识到,他们所听到的,是创造的音乐。他们的射电望远镜正在采集的,是埃德温·哈勃所预言的,诞生于原始事件的辐射残余。

哈勃发现的星系逃匿及弥漫在整个宇宙中的背

景辐射是宇宙起源的有力证明，也证实了某种单一的强烈事件通过宇宙膨胀一直持续到我们的世界，甚至超出了我们的世界。现在需要做的是为这些观察提供一个总体框架，使它们在框架内各就各位并展开。这将成为阿尔伯特·爱因斯坦的工作，即提出广义相对论。

老人的梦

阿尔伯特·爱因斯坦是信仰的恢复者与教会之父!坦率地说,我早已预见了这一切。

迷宫的线团

早在1905年,阿尔伯特·爱因斯坦就用他的狭义相对论证明了,空间和时间并非牛顿所想象的那样,或我们轻信的那样,是普遍的、绝对的、相互独立的,恰恰相反,爱因斯坦认为空间和时间是密不可分的,随着观察者的移动而变化。任何为时区困扰的飞机乘客,无论他们与太阳处在同一方向,抑或是背对太阳,当他们无法确定自己所处的位置时,他们已经对空间与时间的复杂关系及其互动有了一个模糊的印象。通过光及其传播,大望远镜可以使我们遥望太空,看见遥远的未来,这很好地揭示了相对论的奥秘。与其误导性的名称相反,光年并不是与时间有关的测量,而是与空间有关的测量。一光年是指以每秒三十万公里的速度飞行的光在一年内所走过的距离——略低于一万亿公里。确切地说：九千四百六十亿公里。在浩瀚的宇宙中，光年糅合了空间与时间。

狭义相对论告诉了我们什么？它告诉我们，在空间中移动得越快，时间就越慢。很奇怪吧？但事实确实如此。那个著名的双胞胎的例子让很多人大呼震惊：其中的一名孩子乘坐速度非常之快的火箭进入太空，而另一名孩子则留在地球上，当这位太空旅行者根据他的手表和日历上的时间在十年后返回时，那位留在地球上的兄弟已经老了二十岁。越是接近光速，时间流逝得越慢。为了防止变老，你必须走得非常快。在光速下，我们所形成的有关时间的概念，实际早已难以为继。

狭义相对论已经难以想象，甚至难以构想，但它还只是一个更加难以琢磨的谜团的引子。1914年至1916年间，在世界大战中，爆发了一则湮没在炸弹声里的消息：爱因斯坦宣布了牛顿统治的结束，及全新宇宙引力理论，即广义相对论的诞生。

月球围绕地球旋转。根据牛顿的说法，余量处于引力和离心力之间的平衡状态，引力将它引向地球，而自然运动中产生的离心力则使得它远离地球。牛顿的宇宙是一个力量相互抵消的世界。有了爱因斯坦，这些力量就消失了。空间的曲率取代了它们。爱因斯坦所发现的，也是与我们的常识大相径庭的，是速度使时间扩张和延长，物质使空间弯曲。用郑春顺在《秘密的旋律》(*The Secret Melody*)中的话来说，"是变得活跃的空间驱动着球体并支配着运转。爱因斯坦将空间从僵化中解放出来。弹性空间可以在重力的作用下伸展、收缩和变形。而正是这个空间的最终形状，决定了穿过它的物体或光线的运动。"

爱因斯坦原本从一开始就该宣布：处在永恒运动中的宇宙在膨胀。但当时，关于宇宙膨胀的想法仍十分模糊。爱因斯坦也用了些不高明的策略来维护一个虚构的静态宇宙的模型，后来他十分痛恨自己的做法，并称之为自己"一生中最大的错误"。仅十四年后，即1929年，在得知逃逸星系的发现带来了宇宙膨胀的可能性之后，爱因斯坦前往威尔逊山拜访了埃德温·哈勃，并放弃了他的静态宇宙，代之以一个不断扩大的世界模型，该模型为观测星系逃匿及背景辐射提供了理想的环境。由此，通向原始爆炸假说的门开启了，而在大爆炸之后，宇宙仍在膨胀，仍在我们眼前不断膨胀。

老人的梦

"要有光！"创造之书、先知和圣徒的书正是在光中打开的。科学、科学家和人类的宇宙都是用光构建的。光！不是颜色！光，让世界能够被创造、被看到、被测量、被理解和解释。宇宙之光和精神之光之间存在某种联系，这是一个永恒的奇迹。"最令人费解的是，"广义相对论之父说，"世界是可以理解的。"

迷宫的线团

二十世纪中叶，"大爆炸"还只是一个用于描述原始爆炸现象的戏称。该绰号的发明者是天文学家弗雷德·霍伊尔，他反对膨胀世界的理论，支持一个总是与自身相似的宇宙的说法，即"静态宇宙"的理论。目前看来，大爆炸还只是一种假设——一个可能性非常大的假设，现在已被绝大多数的物理学家与天文学家所接受。然而，在二十世纪末二十一世纪初，少数学者及科学评论家仍在谴责大爆炸"完全不可思议的性质"，是一种"神学与形而上学"的胡说八道："如果这种对宇宙起源的描述来自《圣经》或《古兰经》而不是麻省理工学院，那肯定会被认为是妄想的神话。"一位受人尊敬的瑞典物理学家也忍不住笑嘲："大爆炸是一个神话，也许是一个奇妙的神话，可以与印度的循环宇宙神话、中国的宇宙蛋、

《圣经》中的六日创世神话、托勒密的宇宙学神话及许多其他神话相提并论。"

与之相反,天主教会随即将大爆炸视为对可怕的进化论的一种复仇。它很快吸收了原始爆炸的标准模式,并从1951年起,在《圣经》的见证下,正式宣布了"宇宙大爆炸"的合法地位。

老人的梦

好吧。他们说的有道理。但我还是担心他们可能会连累我。

迷宫的线团

根据最新的估计，可以将大爆炸相对精确地定位在一百三十七亿年前，宇宙变得既有限，又无限；既无限大，也无限小。原子的眩晕响应了恒星的眩晕。一个巨大的世界在我们之上，一个巨大的世界在我们之下。哈勃或爱因斯坦在无限大的宇宙和广义相对论中完成的研究和发现工作，其他人则在无限小中用量子理论和不确定性原理进行研究。

二十世纪以前，先是卢克莱修，接着是蒙田，后者在《随笔》中写道："据说太阳的光不是连续的，它向我们不停地发射大量的射线，这些射线彼此交叠，以至于我们无法看清中间的部分"。二十世纪初，物理学家马克斯·普朗克在柏林有一个决定性的发现，这无疑是自牛顿以来最重要的发现：光和其他辐射的能量并非连续地发射或吸收，而是以一种不连续的方式发射或吸收，物理学家称之为离散，马克斯·普朗克将其形式称之为量子。很快，哥本哈根的尼尔斯·玻尔，其弟子、德国人维尔纳·海森堡[①]以及奥地利人埃尔温·薛定谔[②]相继独立发展出一套量子理论，这一理论寓于无限小之中，又奇怪地反映了无限大。是以，玻尔调和了牛顿与惠更斯，并发现了——这是所谓的"互补性"原理——电子既是粒子又是波，而且它们按照某种模式围绕原子核旋转。月球绕地球转，地球绕太阳转。在事物的底部，在非常深的地方，在一个似乎无限的深渊里，进行着一场微小的宇宙芭蕾，就好像在那里，在我们的头顶上方，在遥远的、无垠的天空也进行着一场巨大的宇宙芭蕾。但在无限小中，有一个惊喜正等待着我们。

[①] Werner Karl Heisenberg，德国著名物理学家，量子力学主要创始人。
[②] Erwin Schrödirger，奥地利物理学家，其著名的实验"薛定谔的猫"成为量子不确定性的代名词。

老人的梦

啊！聪明的家伙！他们将我写的剧本搬到了舞台上！最糟糕的是，他们有时会对作者发出嘘声，甚至有人声称作者已死，是剧本自己将自己创作了出来。

迷宫的线团

拉普拉斯侯爵,就是那位对拿破仑说上帝一无是处的人,他认为宇宙可以被概括为一套因果关系,每一个原因首先是一个结果,每一个结果反过来又成为一个原因,对于一个能够了解自然界所有力量的智能体来说,未来的呈现将与过去一样清晰。这种严格而天真的决定论将被量子力学击溃。

在马克斯·普朗克发现量子的四分之一个世纪后,新发现一个接一个地到来,但它们仍需要时间使自身成熟,维尔纳·海森堡提出了著名的"不确定性原理"。这与什么有关呢?为了计算一个粒子的速度及其未来的情况,它必须被一个光量子所照亮。光量子干扰了粒子,以一种不可预测的方式改变了它的速度和情况,即使在使用完美仪器的情况下,也无法对二者进行同时的、精确的测量。由于事实本身被观看，现实也由此被改变。海森堡的不确定性原理是世界的一个基本且不可避免的属性。

不确定性原理——也是爱因斯坦重视问题之一，与观察者对被观察现象的影响相关——将再次改变我们对周围世界的看法。这标志着拉普拉斯、哥白尼、笛卡尔及牛顿的梦想的破灭，他们梦想建立一门科学的理论及一个严格制定的宇宙模型。即使在四分之三个世纪后的今天，一众哲学家、科学家仍无法接受这一冲击，它一直是争议的主题。让我们想象一个存在于时间与光线之外的超自然存在，它在不打扰宇宙的情况下，对其进行观察。对于人类而言，量子力学无论如何无法在一个特定的观察中预测单个测量的具体结果。当我们知道一个电子在哪里时，我们无法预测它将做什么。由于它的位置和速度不能同时测量，它的未来变得不明确，只能以统计学形式预测。量子的"模糊性"在科学和宇宙中引入了无法忽略的不可预测性和偶然性因素。

尽管爱因斯坦在现代科学的发展中发挥了决定性的作用，但他却强烈地反对量子力学，他也从未同意宇宙是由机会和不确定因素支配的说法。1936年12月4日，他给物理学家马克斯·博恩写了一封信,这封信同耶稣写给玛尔特宣布拉扎尔复活的信,由伪造者弗莱恩·卢卡斯编造的信,同克利奥帕特拉写给恺撒以告知他们儿子恺撒里奥的消息的信一样赫赫有名。这封信也同缪塞给乔治·桑或乔治·桑给缪塞的信,同左拉写的关于德雷福斯的信,或马塞尔·普鲁斯特给加斯东·加里马德的信,同所有这些让热爱文学的人喜极而泣的信一样真实而崇高。"你必须对量子力学给予很大的关注。但一个内在的声音告诉我,这不是真正的雅各布。这个理论带来了许多思考,但它很难让我们接近老人的谜团。无论如何,我都不相信老人会随意掷骰子。"

老人的梦

就这样吧。我不想胜之不武。但让我们看看发生了什么。必要性让我消失了。上帝已死,而偶然性复活了我。然后,偶然性反过来又威胁着我。世界就此付之东流。必要性又予我性命。我的敌人浪费时间为我的死亡嚎叫,为我的葬礼流泪,那往往是鳄鱼的眼泪。在我所创造的生灵的心中,我得以复活,那里见证了我的永恒。

在二十世纪六十年代末,一则题词出现在了美国一所主要大学的墙壁上:

> 上帝已死
> 　　尼采

一只手,我相信那是一只人的手,抹去了亵渎

的内容,并将其改写:

> 尼采已死
> 　　上帝

为什么有物而非无物存在?

世界是美丽的

我曾经对这个世界钟爱有加,这个让许多伟大的思想家都冥思苦想的世界,但我并没有参透它的秘密的野心。我从未指摘过它,也从未诽谤过它,我既没有试图逃离它,也没有诋毁它:我与它相处和谐。而我最中意的,还是在这个世界漫步。长久以来,我常为了一点小事出发,心血来潮地,不论何时,也不论何地。

我会带上几本旅行书,书中的天真或幽默,有时是天才,总是才华横溢,为我眼前掠过的风景增添了不少魅力。荷马的《奥德赛》,希罗多德,色诺芬,我们的大仲马在老年时上高加索或那不勒斯探险,司汤达的《罗马漫步》,埃德蒙·阿布的《山中之王》,安德烈·苏亚雷斯的《秃鹰之旅》。劳伦斯·达雷尔和亨利·米勒之间的通信,帕特里克·莱斯·弗莫尔《时间的礼物》，伊夫林·沃的《无人陪伴的行李》，尼古拉斯·布维耶的《世界之道》，埃里克·纽比的《走过兴都库什山》。读一读这些书吧，你将有所感悟。

一些名字激发了我疯狂的出游：奇奇卡斯特南戈①、安提瓜②、马马拉普拉姆③、波西塔诺④、法马古斯塔⑤、阿斯科利·皮切诺⑥、锡米⑦、瓦哈卡⑧、卢克索⑨和

---

① Chichicasterargo，危地马拉城镇，是个看似与世隔绝却又极富宗教神秘色彩的高地。群山环绕，是22个土著民族的家园，以市集闻名。
② Antigua，中美洲的一个岛国，位于加勒比海和大西洋之间。
③ Mamallapuram，印度东北部一个古老的小镇，被称为"七寺城"，以海边的岩石庙著称，也是一个美丽的海滩目的地。
④ Positano，意大利南部明珠，城镇主要部分背山面海，房子五颜六色，与海水、天空相映衬。
⑤ Famagusta，塞浦路斯东岸海港，这里有良好的气候、金色细软的沙滩和各时代遗留下来的遗迹，如濒临地中海的"奥赛罗城堡"。
⑥ Ascoli Piceno，意大利中部的一个省，多中世纪教堂和古罗马城墙等遗迹。
⑦ Εύμη（希腊文），是希腊的岛屿，位于爱琴海。优雅、美丽的建筑遍布岛屿，至今仍留有古罗马时期的马赛克艺术作品、拜占庭时期城墙及诸历史时期的建筑物。
⑧ Oaxaca，墨西哥州府和最大的城市，其老城区是联合国教科文组织认定的世界遗产。
⑨ Louxor，埃及古都，沿尼罗河南下，古迹包括帝王谷、卢克索神庙及孟农巨像等，其中卢克索神庙有逾三千年的历史。

阿斯旺①、马丘比丘②、杜拉·欧罗普斯③、格拉纳达的阿罕布拉宫④和科尔多瓦的花园⑤、锡拉库萨⑥、撒马尔罕⑦、白沙瓦和开伯尔山口⑧都在向我默默招手，它们迷人的音节在远方诱惑着我。我屈服了。我到了。我疯狂地爱着它们。

港口尤其让我魂牵梦萦。还有那些船。黑色或白色的船帆，懒洋洋的海雀，我看着它们飞抵此地，或飞往其他地方，我在想，世界肯定是最令人感到愉快的地方之一，我们尽可以在这个世界花上点时间。我不轻视任何人，我欣赏他们中的一些人。阳光直射在我的头上。贪婪、虚荣和嫉妒对我来说相当陌生。我

---

① Aswan，埃及南部城市，位于尼罗河东岸，埃及文化古城，被认为是埃及民族发源地。
② Machu Picchu，是秘鲁境内的一处遗迹。为热带丛林所包围，也是世界新七大奇迹之一，被学者称为"失落的印加城市"。
③ Dura-Euopos，以"东方庞贝"著称，位于中东叙利亚幼发拉底河畔，在美索不达米亚和叙利亚之间，建于公元前二百年的帕提商队中心。
④ Alhambra，是一座位于西班牙南部格拉纳达、于摩尔王朝时期修建的古代清真寺—宫殿—城堡建筑群。
⑤ Cordoba，坐落在伊比利亚半岛南部，是公认的最富有西班牙风情的地方，有清真寺、基督教君主城堡与王宫花园。
⑥ Siracusa，又译叙拉古，是位于意大利西西里岛东海岸的一座沿海古城，古希腊时期建成的阿波罗神庙遗址仍可以见到，还有修建于公元前5世纪的古希腊剧场。
⑦ Samargard，中亚历史名城，也是伊斯兰学术中心。"撒马尔罕"在粟特语中意为"石城"或"石堡垒"。
⑧ Khyber pass，在巴基斯坦与阿富汗之间，兴都库什山脉最大和最重要的山口。历史上为连接南亚与西亚、中亚最重要的通道。

没有发财或成一番事业的愿望,我从未期望成为议会议员,或获得诺贝尔奖,又或者名留青史。我不做白日梦。我睡眠很好。长久以来,我在世界漫行,双手插在口袋里,自在呼吸。世界是美丽的。

海水浴

我还是直奔主题吧。它是一件有点可笑的事情，听起来也许有些装腔作势，可我非常享受，它让我幸福无比，就是在海里游泳。我知道：我很幸运。我在我们这个古老星球上的许多海域都游过泳。我身着巴黎甜心的泳衣，在里约热内卢游泳，在科尔科瓦多和巨型基督的影子下游泳，沿着科帕卡巴纳和伊帕内玛的海滩，当时那还未开发，人迹罕至。我在所有圣徒心中的巴伊亚游泳，那儿也被伟大的若热·亚马多[①]所珍视，我在累西腓游泳，在卡塔赫纳游泳。我在墨西哥游泳，在坎昆，在阿卡普尔科，在卡热伊思游泳。在佛罗里达，在加利福尼亚，在与米勒、海明威和凯鲁亚克有过诸多纠缠的大苏尔

[①] Jorge Amado，巴西著名作家，代表作《加布里埃拉，丁香和肉桂》。

游泳，我在圣巴巴拉游泳。我在大溪地和博拉博拉，在普吉岛和巴厘岛游泳。大部分时间我都在地中海游泳。

如果说我与你们相遇的这段或长或短的时间里喜欢过什么，那无疑是地中海了。我生命中的一些最美丽的记忆都与众神之海、荷马之海和塞伦尼希马之海有关。我曾在威尼斯、利多、杜布罗夫尼克、赫瓦尔、科尔丘拉、姆列特（这是一个带湖的岛，也是湖中之岛）、卡普里、两湾圣亚加大堂、阿马尔菲、伊萨卡和科孚岛的水域、南北斯波拉德、罗德岛、塞浦路斯、阿卡城和迦太基游泳。我在科西嘉岛游泳，那是地中海上最美丽的岛屿。我在波尔图，在吉罗拉塔，在拉维齐群岛中间，在圣弗洛朗海湾游泳。

我记得在北斯波拉泽斯群岛的斯基亚索斯大树下洗过一次澡，我爱的女人在那里被马蜂蜇了一下，另一次是在十二群岛的佩迪，那里盛产山羊，房子是蓝色的，海湾是如此封闭，就像在湖里游泳一样。还有一次是在土耳其海岸，在卡斯对面，在卡斯特洛里佐小港口的外海。希腊最南端的岛屿，那里有一个著名的洞穴，是海豹栖息地，专为游客参观所设，那里的房屋呈圆形排列，涂有蓝色、绿色、淡粉色或赭石色的涂料，构成了所有海洋布景中最令人愉快的景色。

我记得……我记得……我记得在美得令人窒息的费特希耶湾的三块岩石之间洗了个澡，又在凯考瓦湾洗了个澡，那里有一棵很圆的橄榄树，靠近一个废旧的小教堂，让我几乎幸福得发狂，还有一次是在伊萨卡的一个海湾的凹陷处洗的澡，尤利西斯刚刚离开，他很快就要回来了。

据说，地球上90%以上的生命都是在水中存在。也许我还剩下了一点水中的时光。浴场、大海、从山上垂挂下来的橄榄树和松树的好处是，除了幸福，所有的思想和几乎所有的感觉都被驱逐了。我是风景的一个片段，就像岩石，就像岸边的橡树，就像我所浸泡的水。我在那里。我在这个世界上。在天空和大海之间，无所思，无所想。

一见钟情

一个夏日,在地中海东部的某片海岸上发生了一件事,而在两千五百年前,这里也是一切的发端。

我已经在一种欢喜中游了很久。我从水里出来了。阳光仍照耀着我。天空是蔚蓝的。蝉在唱歌。我坐在被暴风雨刮倒的树干上,或坐在倒塌的柱子上。我梦见了三四千年来,在荷马或亚历山大的时代,在克利奥帕特拉和马克·安东尼的时代,在查士丁尼[①]和丹多洛[②]的时代,所有那些经过这些地方的人。现在轮到我经过这里了。我感到头晕目眩。也许是因为我游了两个小时,加上刚才一番努力的思

[①] 古罗马时代末期最重要的一位统治者,是罗马帝国从古典时期迈向中古世纪的重要过渡期。
[②] 12、13 世纪之交的威尼斯共和国总督,曾带帕罗攻占并洗劫了君士坦丁堡。

索，我周围的事物突然发生了变化。树木、岩石、海上的阳光、色彩和形状的美，一切都变得陌生而模糊。世界不再通透。只剩下唯一一个问题，令人陶醉的、充满希望的、巨大的、充满威胁的问题。我问自己："你在这里做什么？"我闭上了眼睛。闪电击中了我。为什么有物而非无物存在？

令我感到诧异的世界

这并不是一个新颖的问题。莱布尼茨早已有过类似的提问：为什么有物而非无物存在？（*Cur aliquid potius nihil？*）海德格尔也问过一次这个问题。它从未离开过我，反而一直困扰着我。

你知道当你脑子里有一个想法盘旋不去时是什么样的感觉。它从未离开，不给你任何喘息的机会。你变得古怪，不仅是我自身的存在，我想这很常见，我周围的世界似乎也变得古怪起来。我对一切感到惊奇，对在那里，对普照的阳光，对降临的夜幕，对升起的白昼感到惊奇。我写下这些句子，而你正在阅读它们。有一种被我们或真或假地称之为"真实"或"现实"的东西，它对我而言近似一种微妙的幻觉，或某个反复出现的梦，我突然感受到了危险的临近。

我在读书

我读书。我获取了知识。我了解到,笛卡尔一开始就问自己是否在做梦,并怀疑他所知道或认为自己知道的一切。从这个怀疑中,至少可以确定怀疑主体的存在,也就是他自己。这非常了不起。我了解到,一位名叫伯克利的英国主教认为,所有的物质对象、空间和时间,整个世界都是幻觉。一个对手在得知伯克利的理论后,大喊道:"我不赞同!"他的脚撞上了他面前那块大石头。

我关心的并非我自身的存在,也并非我周遭世界的存在。哲学家们假装相信他们自己不存在,并假装相信世界不存在,但他们很清楚,他们属于这个世界,而他们就活在这个世界上,宇宙也是如此。他们知道骨折或流感都需尽早治疗,也知道房租必得上交，同样知道交通法规的存在。我们不知道的，折磨着我的，是我们在这个世界上所做的事情，而我们无法弄清它们的起源和意义。

取之不尽的世界

在冰海之巅，拉比什剧中的佩里雄先生已经注意到：人类很渺小，世界很宏大。历史、生命和宇宙都是取之不尽的。

在最开始的时候，在大爆炸的时候，我们的万物仍是一片空白：它是微小的，比针头、沙粒、肉眼看不见的灰尘还要小。但其中已经蕴涵了一些巨大的东西：温度、密度、能量，以及整个世界的未来。橡树已经在橡子里了。人类已经在孩子身上，在胎儿身上，在精子和卵子的相遇中了。还有文字的发明、亚历山大的征服、罗马帝国的灭亡、旭烈兀的蒙古人摧毁了巴格达、法国人攻占巴士底狱、俄国革命、柏林墙的倒塌，你和我，我们已经存在于大爆炸之中了。

大爆炸一百亿年后，由于这样或那样的原因，地球上出现了生命，那时，宇宙已经巨大无比。星系相互之间慢慢分散，在其中一个星系的偏远角落里，熟悉而奇怪的东西一个接一个地诞生了：生命、不同的物种、灵长类、人类、思想。

人类一出现，也就是几十万年前，一切的复杂性就发生了巨大的飞跃。感觉、记忆、想象、思考、之后的语言、再往后的写作和电子技术，使现实的各种形式无限地增加。书籍数不胜数，但数量仍然有限。语言几乎是无限的，人类的感情和梦想则完完全全是无限的。

世界上的东西总是比你能想象的多。你周围的空间总在不停地扩大，你身后的时间愈加宽广，未来的时间也如出一辙，天空中出现了更多的星星，过去与未来的生活也更加开阔，人的心中产生了更多的激情和更多的梦想。创造者，即使是天才的创造者，也会感受到这种差距，既自豪又绝望。当莱昂纳多画出《蒙娜丽莎》时，当莫扎特完成《唐璜》时，当但丁写出《神曲》时，他们当然知道，他们是在为创造增添一个永恒的杰作。但他们也知道，他们在身后留下的，无论多么崇高，也只不过是一幅画、一部歌剧、一本书而已。

两条路

只有两条路可以尝试理解这个取之不尽的世界：艺术和科学。一方面，有画家、音乐家、诗人、小说家、哲学家和神秘主义者；另一方面，有天文学家、物理学家、生物学家和数学家。对两者而言，这都是一个无限且无望的任务。哈姆雷特对霍拉旭说："天地间有许多东西，比你的哲学所梦想的还要多。"

诗歌是一条路，即使不是最简单的，至少也是最常见的。努力写诗、写小说、写散文可能都是无用的：爱情，就是诗歌本身，它足以赋予生命以意义。在爱情中，每个恋人都被爱着，从而拥有了整个世界。王国的钥匙递给了他。他不再向自己提问，也没有必要再找寻下去。宇宙所有的美丽都展现在了他的面前。艺术和文学也许不过是一种性冲动的升华表述。

如果有一把通往宇宙的钥匙，它就是数学。古希腊人早已下了判断，知识与智慧只属于数学家："唯有几何学家方可入内。"数字——从何而来？——始终不停地与宇宙的结构交融。他们是创造的支柱。"上帝一计算，世界就被创造了。"(*Dum Deus calculat, fit mundus.*)

宇宙的伟大理论的胜利是基于观察和数学的结合。有许多例子表明，在任何实验验证之前，仅靠数学推理就能发现天体。最著名的案例之一是海王星，它的确切位置是由天文学家勒维耶在十九世纪中期宣布的，当时还没有通过观察来确认。在接下来的一个世纪里，俄罗斯数学家亚历山大·弗里德曼和比利时教士乔治·勒梅特在二十年代建立了纯粹的数学模型，远远早于星系飞行的发现，这些模型准确地预测了宇宙的膨胀，这也是哈勃将通过观测而确认的事实。

由于本人的无知，我长期认为数学是一种连贯而抽象的游戏，与现实之间的关系十分遥远。而我们时代的两个主要理论，即广义相对论和量子理论，恰恰相反，非常接近我们所说的现实。爱因斯坦关于空间曲率的理论预测在多个情境中得到了实验证实，特别是在1919年的一次日全食中。被派往非洲的观察员的测量结果在各方面都与爱因斯坦的数学见解相符。实验成功后寄给爱因斯坦的高度技术性和抽象的报告以简单的话结束："祝贺你，天才。"就其本身而言，玻尔喜欢说："如果你声称已经理解了量子理论，你就没有理解它。"非常困难的量子理论每天都被晶体管、激光和电视所验证。原子弹和我们所有的电子硬件向我们证明，有时证明过于丰富，爱因斯坦的理论和量子的模糊性距离我们生活的现实很近。

并不存在有关世界的方程式

广义相对论只适用于无限大。量子理论只适用于无限小。存在一个"特例",一个独特的时刻,当无限小和无限大不可分割地混合在一起时:那就是大爆炸,一个微小的针尖,难以察觉的尘埃,上升到如此的温度及如此的密度,简直难以想象。为了进一步了解这种原初的、自相矛盾的爆炸,亟须一个一致的理论,一种万有引力的量子理论。在他生命的末尾,阿尔伯特·爱因斯坦试图发展这样一个结合万有引力定律及电动力学定律的统一理论,但没有成功。

第二次世界大战后,维尔纳·海森堡在量子理论的帮助下提出了物质的统一理论,同样没有成功。最近,弦和超弦理论,卡鲁扎-克莱因的宇宙学或可怕的M理论——M代表魔法,代表神秘,代表神话——或其他假设一个宇宙或无限多的宇宙，有多达十几个隐藏的、自我缠绕的时空维度，而不是我们的三维空间加时间的理论，但都还未通过实验验证。每次科学家们试图达成一个一致的理论，试图得到一个适用于全世界的方程式，均以失败收场。

物理学家斯蒂芬·霍金在其畅销书《时间简史》中呼吁建立一个大一统理论，使我们能够"了解上帝的思想"，他因不可逆转的疾病而全身瘫痪，除了借助电脑，无法进行其他任何形式的交流。霍金自己也意识到，这种"万物理论"将无法回答"为什么有物而非无物存在？"。任何可能的一致理论都不会超过一套规则和方程式。是什么给这些方程注入了火焰，并产生了它们将能描述的宇宙？科学的通常态度，建立一个数学模型，无法回答这些问题。

即使是这种一致的理论，也不足以解释宇宙的出现，霍金在五六年前就放弃了构思的希望。第二次世界大战前几年，一位名叫哥德尔的奥地利数学家，他也是爱因斯坦的亲密朋友，提出了可能是二十世纪最重要的定理。根据该定理，在任何数学系统中，总是存在"既不能证明也不能反驳的公式"。"我们不是从外面俯视宇宙的天使，"霍金说，"相反，我们和我们的模型是我们所描述的宇宙的一部分。一个物理理论指的是自己,就像哥德尔定理一样。因此,可以预计,它要么是矛盾的,要么是不完整的。"

我们所处的这个取之不尽的世界,任何天才的作品、任何一致的理论、任何宇宙的方程式都无法完整地传递其秘密。人们所能做的就是在它们永远消失之前及时修补。

世界是一部小说

我们生活的世界不仅取之不尽。有了光,有了时间,这神秘中的神秘,有了生命这个见所未见的东西,有了思想这个更闻所未闻的东西,世界也变得不可思议了。它比我们所有的小说、所有的悲剧、所有的歌剧,比《堂吉诃德》《费德尔》《费加罗的婚礼》《特里斯坦与伊索尔德》都更不可信,而书中令我们感到诧异或崇拜的,无一不是从它那儿借走的。

之所以看起来不言自明,是因为我们早已习惯。世界让我们惊讶,让我们失望,让我们恐惧,让我们陶醉。用一句模棱两可的话说,就是"正常"。事实上,这个被我们称为"正常"的世界非常之奇怪,它呈现出一种魔鬼般的复杂。

科学发挥出它无可比拟的能力,它发现了世界的规律。规律既是必要的,也是任意的。地球没有必要围绕太阳旋转，因果关系的相互作用很可能从未发生，质数的序列，实际上是反映无限的所有数字的序列，是一个深不可测的谜，而我们每个人，连同我们的身体、思想、感情、激情，是这个或任何其他世界最不可能的装配机制。

众所周知，若每一部小说都是一个可能发生的故事，那么历史本身，从一端到另一端，就是一部曾经发生过的小说。但是，不仅故事，即使最不寻常的故事，都是小说。整个宇宙，包括它所包含的一切，都是一部神话般的小说。正是由于这个原因，并非为了吸引读者，你正在阅读的这本书也属于小说之列。

秘密与谜语

　　宇宙小说的主角很晚才登场：它就是生命。

　　没有生命的一百亿年过去了。没有人看到、听到、感觉到或理解任何东西，世界、空间、时间和光线会是什么样子，对我们来说仍然是个谜。我们的太阳系是在生命出现之前的十亿年左右登场的。若不存在白昼与黑夜的交替，那时间是什么呢？一个没有南北、没有上下、没有任何地标的空间又会是什么呢？在没有任何眼睛能够感知它的情况下，光会是什么呢？这听起来像是一个笑话：自从几万年前思想出现后，需经过十三亿七千万年才能被解释，而在此之前的很长一段时间内，思想是以一种错觉的形式出现的。因此，一幅表现整体的画——虽然仍有争议，但或多或少是连贯的——几乎只能追溯到一百年前。

宇宙是否在等待生命，生命是否在等待思想赋予过去以意义？在很长一段时间内，无论如何，宇宙小说是一个秘密。由于科学的存在，这个秘密已经成为一个谜。

最平凡的奇迹

生命是最平凡的奇迹。它如此明显，以至于无法定义。一个著名的负面公式向我们揭示了定义生命的力不从心。它是抵抗死亡的一切力量的综合。最博学的人对生命的起点也毫无头绪。不可否认的是，生命起源于所有生物的共同祖先：一个被称为卢卡（LUCA，Last Universal Common Ancestor）的细胞。细菌、植物、树木、花朵、水母、燕子、眼镜蛇、鲸鱼、大象、海豚、老鼠、倭寇和我们都来自这个细胞。

卢卡是如何产生的？有人认为，来自其他星球的病菌可能降落在地球上，但现在没有人相信这一点。那么，也许是偶然，从物质开始，在非常热的水中，装载着碳、氨基酸和矿物盐，有百万分之一的机会？出于某种原因，在三十五亿年前，在年轻的地球上，它还不过五亿年，或者更多一点，突然间，生命出现了。

在我们看来很自然的是，这个生命是由个人组成的。生命可能是，我不知道，一种集体的、无形状的力量，天空中的一朵云，一片海洋，一场风暴，一次狂奔。并非如此。它分解成相互独立的片段，能够走到一起并结合在一起，但又是自主的，有差异的。从细菌到人类，生命是零散的、不连续的。这里面有一些量子化的东西。

生命生成自己，这很自然吗？这很简单吗？还有比生命的自我生成还要更自然、更简单的事情吗？

区分与联合

一切的发生好像区分和联合构成了创造的自然运动那般。首先，创造的自然运动在于区分，然后再将被区分的事物联合起来。在大爆炸后的一百三十亿或一百四十亿年里，生命和宇宙一样，似乎遵循着同一种模式。

世界由不同的元素组成，它们在空间上共存，在时间上相继。天空、地球、月亮、太阳、星星、行星、海洋、季节，然后是众生，他们中最小的人——在我们的星球或者其他地方，如果还存在其他地方的话——比所有星系和星系团中的所有物质都更有价值。

在所有从 LUCA 诞生、又像一场既巨大又微小的游戏、从彼此间繁衍的物种中，每个生物都有自己的旅程。至少对我们来说，没有什么比一只蚂蚁更像另一只蚂蚁，也没有什么比一只蜜蜂更像另一只蜜蜂，但一只蚂蚁被一只蜥蜴吞下，另一只蚂蚁继续前进，一只蜜蜂被一把叉子或刀子碾碎，另一只蜜蜂在死之前依然飞向新的花朵。男人和女人在空间和时间上的轨迹不断滋养我们的野心、梦想、记忆、家庭谈话、历史书籍和小说。每一个生命，从最卑微的到最复杂的，从细菌到我们，都是一个遗传和环境之间的轶事，一个有始有终的个体故事，最后是一个命运。

第六天

生命的特征之一，也是特权之一，就是繁衍的能力。水、空气和石头是不会繁殖的。只有生命体从事着足以定义它们的双重运动：它们消失又重新出现，死亡又复活，不同又相似。

活着就是先死。植物、花朵、树木、海胆、考拉，你死了，因为你曾经活过。而你活着只是为了死亡，但是，活着也是为了有能力通过一种被人们称为爱的魔法行为，将这种逃避我们的生命传递给他人，其中掺杂着骄傲、快乐、机会和所有最严格的必要机制。死亡和爱是生命的两个不可分割的面孔。我们繁衍后代是因为我们会死。而我们必须死，因为我们会繁殖。

在哺乳动物中，在灵长类动物中，在人类中，生殖涉及性行为。谁在繁殖？分开的个人。它们的繁殖使生命具有新的形式，但至少部分重复了注定要消失的旧形式。孩子是父母的死亡，他们在快感的眩晕中冲向自己的终点。

这项任务是我们最熟悉的工作，非常出色。它占据了我们想象力和时间的整个部分，它为我们大多数的小说、电影、悲剧、喜剧和歌剧提供了素材。这也是我们最惊人的努力之一，虽然我们从来没有想过。为了维护世界的秩序，确保生命和人类历史的延续，让思想继续在宇宙中工作，有必要把两个不同性别的人聚在一起，这种想法尽管平庸，或者也许是因为平庸，才可能引起相当多的问题和困惑。

最难能可贵的是，在人类身上，让历史继续下去的任务是由他们自己决定的：由一种如此敏锐的快乐支撑着，有时甚至具有一种形而上的品质。无论是否有上帝，都要靠人类，一个包括女性在内的总称，每时每刻重复《创世记》中庆祝的第六天并通过自己的力量不断地重新创造宇宙中最珍贵的东西，"上帝看他所造的，看，甚好"。

手心里

在这个取之不尽、不可思议的宇宙里,人类并不像其他生物那样,仅仅满足于繁殖和死亡。他们事务繁杂,但他们首先做的是思考。

什么是思考?是对自己及其周围世界的想法。谁会去思考呢?据我们所知,在浩瀚的宇宙中,只有一个微小到几乎不存在的个体会去思考:我,也就是我们。正在思考的人和宇宙之间的距离比一粒沙子和海洋之间的距离还要大,但就是这粒什么也不是的沙粒却能够思考自己、思考一切,这不可不谓一个闻所未闻的奇迹了。

大脑位于人的体内,为人所用。身体是一种机制,是一种必然。早在1687年,在路易十四时期,哲学家莱布尼茨提出了一个问题:"为什么有物而非无物存在?"他在给阿尔诺德的信中写道:"我承认,一切身体的本质皆为机器。"以方程的形式表达思想并非不可能,一旦身体不再存活,就不可能进行思考。事实上,在个人的思想、他的脑袋、他的头骨、他的大脑、他的神经元和宇宙之间存在着一种秘密的纵容,直到大爆炸,直到最遥远的星系。我们将不厌其烦地重复爱因斯坦的那句名言:"最令人费解的是,世界是可以理解的。"

莱布尼茨,又是莱布尼茨,坚持认为世界是由不可感知和不可毁灭的能量原子组成的,他称之为单体。每个单体的特点是它反映了整个宇宙,因此它存在于它的每个点中。在莱布尼茨的体系中,从一开始就建立了宇宙与人类思维之间的联系,这种联系让爱因斯坦感到非常震惊。

这是有可能的——可能吗?——贯穿世界的水流在其组成部分之间编织着神秘的联系。四分之三个世纪前,一个被称为"EPR悖论"的著名实验,以其作者的首字母命名,爱因斯坦——EPR中的E——对该实验产生了怀疑。该实验表明,来自同一来源的两个粒子,例如光粒子,它们之间仍然相互依赖、相互连接、永久接触,无论相隔多远。

在无限大和无限小中,都表现出所谓的"量子不可分割性"。约翰·多恩在大约四百年前写道:"没有人是一座孤岛,可以自全。每个人都是大陆的一部分,是整体的一部分。不要问钟声为谁而鸣:它为你而鸣。在这个世界上有一个全球性的秩序,每个部分都包含着整体,而整体又反映着每个部分。宇宙是一个由相互联系的部分组成的系统。我们与其他事物有着悠久的共同历史;我们与其他事物一样是星尘;鬣狗、蝙蝠、石楠、山中的冷杉树都或多或少是我们的近亲。"用威廉·布莱克的话说,"每个人的手心里都握着无限"。

人类在想什么？

人类活着。他们在这里。不会很久。多久？没有人知道。但他们就在这里，他们正在思考。

他们在想什么？取悦，爱，他们的健康，下棋，交税，度假，挣钱，不错过火车，夺取权力，设置陷阱，殴打邻居，收集邮票，进行革命。充其量是为了拯救一个人的生命，为了画花或圣女，为了写歌剧，为了建造一座建筑。然后，就像我在地中海岸边的一个夏日早晨一样，他们问自己在那里做什么，他们从哪里来，要去往哪里。

现在：永恒——接近永恒

这些用身体思考的人生活在一种奇怪的、几乎无法表达的东西中，这种东西是不言而喻的，没有现实性——而我们称之为现在。

当下是一个没有栅栏的监狱，一个无形、无味、无质量的网，到处笼罩着我们。它没有外观或存在，而我们从未离开它。除了现在，没有任何身体曾在任何地方生活过，没有任何头脑曾想过任何事情，除了现在。正是在现在，我们记住了过去，正是在现在，我们把自己投射到未来。现在总是在变化，它永远不会停止存在。而我们是它的囚徒。瞬息万变，岌岌可危，可怕的暂时性，夹在不断逼近的未来和咬牙切齿的过去之间，我们的生活从未停止在永恒——或接近永恒——的现在中展开，它总是在消逝，在重生。

未来：不可预测

在宇宙的系统中，未来是不透明和不可预测的。这是它的作用。这是它的天职。基督教的胜利，七百年后阿拉伯人的征服，神圣罗马帝国的衰亡，斯大林和希特勒的崛起，柏林墙的倒塌都是不可预测的——确实是不可预见的。早在人类之前，回过头来看，太阳系的形成和生命的出现都是非常可能发生的，而且是不可预见的。

自古以来，人类的理性一直试图冲破这种不透明的屏障，预测未来。起初，他们每天都战战兢兢地希望明天早上的太阳能像今天一样照耀大地。没有什么是更确定的。没有什么是这么多愿望和祈祷的对象。许多人为了从全能的神灵那里获得看到太阳再次升起的恩典而暴毙了。

后来，日历、项目、时间表、路线图、预算和计划试图驯服一个不情愿、仍然不确定的未来。更多的时候，人们的期望被辜负了，他们的意愿被挫败了。未来，没有人知道它在哪里，用荷马的话说，就是"在众神的膝上"。

它无处不在，而且从未失手。富有无限的可能性，随着它接近现在而不断缩小，未来以一种残酷的固执冲向我们。起初类似于现在，它必须始终与之保持一致。

起初与现在相似，它必须始终与之相容，但在变得与我们以前所知道的一切截然不同之前，它就已经是陌生的了。未来正是惊喜，是出乎意料的，总是在意料之中，而且这种惊喜永远不需要长时间就能变成证据。

过去：俱已逝去

过去，已成往事。它不像未来一样缺席。它既非永恒，或几乎永恒，也并非如现在一般动荡。它已成往事。过去，俱已逝去。

它早已启程。已然消失。永远被弃置在一个奇怪的位置。它曾经是，不再是，但在某种程度上它仍然是。

在发明文字以前，过去除了人类的大脑，别无去处。可能有痕迹、遗迹、遗产。理性和语言可以用来解释它们。写作可以在空间上固定那些在时间上彼此相随的事件，并对它们进行记录。写作是让记忆可以轻松来去的拐杖。

我们所掌握的最初的文本统计了牲畜的数量，列出了收成，并回顾了受神灵保护的国王的事迹，他们是神灵的直接后代。如果没有目录和命名法，这些数字和名称将很难被长久地记住。后来，事情变得愈加复杂，数以百万计的书籍、电影和机器，在人为的生存状态下，维持着已然陷入混乱的过去，它失去了意识，无法抵抗自相矛盾的解释和遗忘。

在科学的帮助下，距离我们越来越遥远的过去正展现在我们面前。直到十九世纪初，根据不容置疑的《圣经》和《创世记》的教义，人类的过去只有几千年的历史。达尔文为人类的青春、童年、家谱延长了数百万年的时间。前奥匈帝国的一位捷克牧师约翰·孟德尔发现了遗传规律，然后克里克和沃森通过建立DNA的双螺旋结构和定义遗传密码，为达尔文的设想提供了明确的支持与补充。在我们最亲近的表亲，灵长类动物和猴子之外，在比我们早消失了六千五百万年的恐龙之外，在水母和绿藻之外，人类的祖先可以追溯到生命的起源，即不到四十亿年前。

记者们向我们谈起今天的情况。小说家则把昨天和明天的情况讲给我们听。历史学家们谈起早于我们的十来个或二十来个世纪。几十万年或几百万年则是人类学家和史前学家负责的部分。几千万年或几亿年是由胚胎学家和动物学家负责讲述。四十亿年靠的则是生物学家。物理学家和数学家把我们带到了更遥远的时空——一千三百亿年前的大爆炸。问题是,在这场逆行冒险的最末端,在世界一切事物的神秘开端,我们会发现什么呢?

事物的起源

一开始,大爆炸。我们知道推导至该假说的路径。让我们走快点吧。以下三个因素在整个过程中发挥了关键作用。

第一是人类的智慧。是人类发现了宇宙的秘密。他们不被允许猜测未来会发生什么——也许除了一切都结束,我们都死亡,宇宙也会像其他事物一样消失。未来对他们来说是封闭的。与之相反,过去对他们来说是开放的。它只存在于他们的头脑中,但有一些神秘的联系将人类与宇宙联系在一起,使他们可以理解宇宙。

第二是光。是光让我们在阳光下生活,并分辨出我们周围的生命和事物。没有它,就没有人类,没有生命,没有爱,没有世界。它使我们能够看到宇宙最远时空的光。光出现在《创世记》的第一行。

我们用光回到过去,并试图找到我们的起源。

长期以来,人们认为眼睛会发出射线,从眼睛直到物体。毕达哥拉斯认为,眼睛投射出一种微妙的、敏感的天线,使我们有可能看见。直到很久以后,投射的路径被颠倒,光是从物体到我们的眼睛,它速度相当快,但并非无穷无尽。那时,光成为强大的工具,它使我们能够看到业已消失的星星,并通过空间为我们带来恺撒时代、特洛伊战争、火的征服或恐龙统治的消息。笛卡尔仍相信光的瞬时传播。今天我们才知道光的传播速度非常快,但考虑到空间的广袤性,它的速度又相当缓慢。我们看到的是八分钟前的太阳,两百万年前的仙女座星系,四千万年前的室女座星团,至于宇宙边缘的类星体,它们都是一百亿年前的样子。

第三是时间。

时间与权力

时间总是与权力联系在一起：任何政治或宗教权力的主要特权之一就是支配时间，随心所欲地处置时间，把时间分成多个序列，确定假期和节日的日期，决定冬令时或夏令时。迦勒底人、埃及人、中国人、印度人和玛雅人研究时间，测量时间，解释时间，这多亏了学者与当权者，当然，他们也利用时间使自己获益。公元前46年，为了结束混乱不堪的局面，并避免岔开收获和葡萄采摘的节日，恺撒大帝在咨询了一位亚历山大的天文学家索西琴尼后，着手制定儒略历，并强行规定了为期四百四十五天的"混乱之年"。一千五百年后，为了纠正儒略历日益偏移的危险，额我略十三世[1]和蒙田

---

[1] Gregorius PP. XIII，1572年5月25日至1585年4月10日为罗马主教教宗。

一样困惑，只见他沉着地把 1585 年 10 月 4 日至 15 日之间多出的十天拿掉，并命名为额我略历。

新日历立即在天主教各州传播，但新教国家对此并不买账，许多国家直到十八世纪才采纳这一改革，东正教国家甚至更晚才接受额我略历。由此出现了一系列矛盾。十七世纪的德国是一个天主教和新教相混合的国家，一个旅行者可以在出发日期以前到达目的地。莎士比亚和塞万提斯均于 1616 年 4 月 23 日去世，但西班牙人是公历 1616 年 4 月 23 日星期六在天主教西班牙的中心马德里去世的，而英国人则是十天后在沃里克郡的埃文河畔斯特拉特福去世的，时间是旧儒略历的 1616 年 4 月 23 日星期二，即公历的 5 月 3 日。

与时间有关的问题并不仅仅限于星星的运动与我们的日历之间最接近的重合。时间向我们提出了其他决定性的问题，它们远远超出了我们人类的短暂历史。

时间从哪里来？

时间在塑造我们之前就已经塑造了我们周围的世界。宇宙不过是时间作用下的大爆炸。那么，随之而来的问题非常简单，也复杂得可怕：大爆炸是在时间中发生的，还是它创造了时间？是"同时"，还是"与"其他万物一起？

许多科学家不相信原始爆炸的存在，但大多数科学家是相信的。在相信原始爆炸存在的科学家中，一些人认为时间早于大爆炸，大爆炸是发生在时间中的事件；其他人往往在不经意间接受了圣奥古斯丁在一千五百多年前提出的观点，后者认为上帝与宇宙一起创造了时间，即认同大爆炸是时间的起源，就像它是空间的起源一样。

支持后一种假设的论据之一来自时间和空间之间的密切联系。我们从哈勃及他的后继者那里知道，空间正在扩张。它正在膨胀,因为它是由十三亿七千万年前那场微小而巨大的大爆炸创造的。为什么与空间不可分割的时间不会在万物起源时由原始爆炸所创造呢?

时间是一个谜

时间离我们如此之近,如此真实,以至于我们对其奇怪的性质很少怀疑。我们对这个时间一无所知,它不仅伴随着宇宙和生命的起源,而且构成了它们。"如果你不问我什么是时间,"圣奥古斯丁说,"我知道它是什么。只要你问我,我就不再知道它是什么。"一千六百年后,进展甚微:"不可能,"霍金写道,"要说时间由什么组成。"

似乎与其他事物不同,时间不是由粒子或波组成的,它不占据空间,没有质量,没有温度,没有气味,没有味道,它是复杂的高度,也是抽象的高度,它既与万物混淆,也与无物混淆。

当代学者声称它是可逆的,甚至认为它不存在。很长时间以来,我对这种说法感到困惑不解。我感觉到时间是无所不在的,它有一个箭头,从昨天到明天，从我们的出生到死亡，从大爆炸到世界末日。我们出生，我们死亡：除了与爱情、野心、战争、好奇心、灵魂的激情有关的一些顺便的逸事外，几乎没有别的。现在，伟大的思想家们把它作为一个可逆的方程式呈现给我，甚至认为它根本就不存在。我感到窒息。

不可能的时间机制，以及它取之不尽的未来，每时每刻都在变化为永恒的、难以捉摸的现在，却又一下子变成了幽灵般的、总是胜利的过去，在我看来，它与世界的秩序融为一体。

在我看来，现在，只是立即转化为一个幽灵般的、总是胜利的过去，似乎与世界的秩序融为一体。时间产生了一切：动物物种、《伊利亚特》和《奥德赛》、伟大的世界帝国以及香港郊区两个帮派之间的纷争。你所要做的就是等待，而一切都会发生。这个无情的机制没有丝毫的失误，它像手一样把我们引向唯一可预测的未来碎片，即我们永远敞开的坟墓，科学把它变成了粉末。

我头晕目眩。然后我想到，可能有一些东西留在其起源的时间里，在那里，巨大的事物与巨大的事物密不可分地交织在一起，整体与虚无几乎无法区分。时间是这个世界上的一切，在永恒和无限面前，这个世界几乎是虚无的。从最遥远的星系到最难以察觉的夸克，时间都是一样的，它以铁腕统治着宇宙和生命——而且，时间是有弹性的、可变的，它是影子的影子。快乐、痛苦、无聊、工作、思考、速度、物质的质量、光无法逃脱的黑洞的接近，都足以拉伸、扩张、收缩它，直到收缩不复存在。也许像它被束缚的空间一样弯曲，时间是异常复杂和强大的，微妙到消失的程度。它无法解释。它本身是一个谜。

我们是否应该在时间里看到：谁制造了宇宙？谁的存在不像外部力量在世界上的签名？

不可想象者

一些年来,人们一直在追溯大爆炸的年代。在他们的脑海中,他们一直在相对轻松地穿越将我们与起源分开的一百三十亿七千万年。他们知道所有的阶段,他们看到,由于光,我们自己的太阳系,最遥远的星系,在形成过程中的整个宇宙,他们非常接近,到几分之一秒,最初的爆炸,他们遇到了一个似乎不可逾越的墙。这就是著名的普朗克墙——即普朗克时间——以我们在二十世纪初已经看到的发现量子的物理学家命名。

什么是普朗克墙?让我们系好安全带。普朗克墙是一个时间,相当于 10 至 43 秒,它表明就在最初的爆炸之后,当我们的物理学失去立足点,我们的知识达到极限。宇宙的前三秒是决定性的。而第一秒的极端开始对我们来说仍然是不可触及的。为了超越普朗克的时间，我们将需要一个引力的量子理论，其中引力将与其他力结合在一起，这个理论还没有被构建。

普朗克时间短得令人难以想象。在大爆炸的那一刻，一切都是不可想象的。将成为我们巨大的宇宙，比原子小一千万亿倍。它的热度和密度是难以想象的。它的能量是难以想象的巨大。普朗克时间，它站在我们的科学面前。

在我们的科学面前，是难以想象的短：原始爆炸后 0.000……秒，第一次大爆炸后的第二天，第一个非"0"的数字在四十三个"0"之后才出现，如果在这里重写这个数字，就显得有些不自然和做作了。天体物理学家郑春顺说："一个摄影闪光的持续时间，在整个宇宙历史中所占据的时间将比普朗克墙在一秒钟内所占据的时间多十亿亿倍。"

正是在那里，在这个特殊性的中心，我们每天探索自然所使用的定律均变得无效，而此前我们提及的，不可能的统一理论将被强加于人，爱因斯坦在他生命的最后三十年里为之付出了巨大的努力，但却是徒劳的。至少在目前，什么也做不了：统治着无限大的广义相对论及其引力，顽固地拒绝与郑春顺所说的"无限小的领主"联合起来。

也许,将量子力学与相对论统一的梦想在未来会实现?今天,无论如何,最深的谜团继续盘旋在普朗克的墙上。不可思议的背后潜藏着不可想象的东西。

遐想

在一个民主国家，任何人都可以坐在咖啡馆里对执政政府和反对派的行为进行评论。这本书是一间关于宇宙学和世界历史的咖啡馆。作者像天真烂漫的哈维，或拉封丹笔下愚昧的加罗，抑或是伏尔泰笔下的老实人甘迪德：他为惊奇和钦佩所感动。世界的景象使他惊讶，令其陶醉，心中充满了惶恐的喜悦。

世界的历史，本身就已经是一种梦想。人类努力了解这段历史的故事是另一个梦想。现在要展示的假说是梦上加梦。就像宇宙本身，就像我们每个人的生活，这本书是一次遐想。

墙后

自从大爆炸假说成功以来,人们一直坚持提出一个问题:在普朗克墙后面,有什么呢?

如果大爆炸在创造空间的同时也创造了时间,那么"之前"这个词在普朗克墙之外——或者在它之下——就不再有任何意义了,因为在墙的那一边,时间还不存在:在我们世界的法律眼中,什么都没有。甚至连意味着空间的虚空也没有。

什么都没有?很难相信我们的一切都从无到有,银河系在奔跑,银河系,我们的太阳系已经旋转了很久,《圣经》《伊利亚特》和《奥德赛》,佛祖的诞生,亚历山大的征服,秦始皇的长城。罗马帝国、耶稣基督受难、《可兰经》、巴格达的辉煌、十字军东征、君士坦丁堡的陷落、印刷术的发明、印度的大莫卧儿、法国大革命以及你正在读的这几句话都是无中生有。相反，你必须想象，在普朗克墙的另一边，在大爆炸的特殊性"之前"，存在着其他东西。其他的东西，当然是不可能谈的。

继柏拉图和亚里士多德之后，哲学史上最伟大的名字，受哥白尼的宇宙学革命启发的形而上学颠覆的作者，是伊曼纽尔·康德。康德在其著名的也是困难的《纯粹理性批判》中所确立的是，对人类来说，空间和时间是所有经验和知识的必要和普遍条件。自然界和这个世界上的所有事物都只是通过空间和时间作为现象给予我们的。在空间和时间之外，与现象——即在我们看来的东西——相反，康德承认存在一种深层的、不可触及的现实，他称之为物自体。对我们来说，接触事物本身是被严格禁止的：它们对我们来说是一种神秘的 X，一种质疑，一种痛苦，一种未知，但却是一种不可缺少的未知，因为没有它就没有一切。

在普朗克墙后面的东西是我们所能想象甚至设想的东西之外的东西，也许是另一种性质和秩序的现实，或多或少可以与康德的物自体相媲美。

上帝

在普朗克的墙后面,我们的逻辑不再发挥作用。只有数学仍然可以宣称,数字的力量并没有停止在空间和时间的限制,但无法进行或甚至无法设想进行实验验证。在墙的另一边,著名的数学定义比以往任何时候都更具诱惑力:"一门科学,没有人知道他们在谈论什么,也没有人知道他们说的是否是真的。"

大爆炸和普朗克墙标志着我们所熟悉的现象和实验领域与我们一无所知、甚至可能不存在的未知无人区之间的界限。我们的感官无法接触到它,我们的法则在那里已经不起作用。如此适应我们周围的世界,人类的智慧却无法想象它。它是虚构的王国,是未写的小说,是无字的诗歌。它是希望的境界。它是信仰的国度。每个人都可以投入他们想投入的东西，甚至拒绝它，把它看作一种幻觉、一种神秘化、一种假象。

正是这个黑夜，人们称之为上帝。

上帝与人

人们把不理解的事归咎于被他们冠以神名的力量。我们历史的很大一部分都与这种做法有关。人类的主要活动之一就是发明宗教。根据《创世纪》,上帝按照自己的形象创造了人。人们进行了报复:他们按照自己的形象创造了神。诸神的名字掩盖了——往往是相当糟糕的——他们自己的恐惧和野心。他们利用一个他们不了解的世界来对他们了解的世界行使权力。

一个全能上帝的想法在人类历史上很晚才出现,宇宙的创造和保存可以归功于他。在很长一段时间里,他们依靠的是神奇的力量,然后是神话,最后是不可能实现的和无休止的兽面或人面的神和女神的谱系。渐渐地,更强大、更娴熟或更幸运的神取代了其他神。梵天、毗湿奴①、湿婆②、伊西斯③、奥西里斯④、阿蒙拉⑤和阿顿⑥、阿波罗、狄俄尼索斯、雅典娜、火星、维纳斯和朱诺、波塞冬或海王星、赫菲斯托斯⑦或火神,特别是宙斯和朱庇特,他们是众神之王,或阿胡拉·马兹达⑧或密特拉⑨,今天基本上已被遗忘,他们也曾有属于自己的辉煌时代。

唯一的上帝与亚伯拉罕一起出现,它可能存在于几千年前,大约在文字传播的时候,总是在底格里斯河和幼发拉底河的一边,所有的文明都是从这里产生的。在其犹太教和基督教版本中,以及更晚的时候——在我国的克洛维和查理曼之间——在穆斯林版本中,唯一的上帝征服了世界的大部分地区。

---

① Vishnou,印度教主神之一,宇宙与生命的守护神,也称维护之神。
② Siva,印度教主神之一,三只眼的破坏之神(鬼眼王),也称毁灭之神。
③ Isis,古埃及宗教信仰中的一位女神,对她的崇拜传遍了整个希腊—罗马世界。她被奉为理想的母亲和妻子、自然和魔法的守护神。
④ Osiris,古埃及神话中的冥王,也是植物、农业和丰饶之神,九柱神之一。
⑤ Amon-Râet,一千多年来,拉一直是埃及之最高神,也是太阳神,是光明、正义、生命的支配者,众多主神中最为显赫的一位。后与底比斯的主神阿蒙相融合,称为"阿蒙拉",成为埃及真正意义的主神。
⑥ Aten,太阳神的一种,宇宙的创造者。埃及法老阿肯那顿在埃及宗教中引入了阿顿神,并借此开展一场只可崇拜阿顿神的改革。
⑦ Héphaïstos,古希腊神话中的火神和医神,是阿弗洛狄忒式的丈夫。
⑧ Ahura-Mazda,是《波斯古经》中常被提到的神名,古伊朗的至高神和光明智慧之神,被尊为"包含万物的宇宙"。
⑨ Mithra,古老的印度—伊朗神祇。

耶路撒冷和拜占庭、巴格达和罗马、君士坦丁和教宗圣额我略一世、狄奥多里克和狄奥多拉、圣奥古斯丁和穆罕默德、查理曼、哈伦·拉希德、但丁、麦何密二世、米开朗基罗、查理五世、莎士比亚、克伦威尔、笛卡尔、路易十四、拉辛、阿克巴、牛顿、罗伯斯庇尔、华盛顿、贝当和戴高乐的共同之处在于上帝。

　　由于人们对上帝的想法，已经有很多人流血了。上帝是战争和各种罪行的罪魁祸首，它甚至比对权力的渴求或对金钱的热情更甚，因为人们有时会把它与权力或金钱混为一谈。人们在上帝身上，或在他们对上帝的想法中，发现了一个绝对的真理，他们必须用铁和火来传播。十字军东征、宗教裁判所、"圣战"、征服美洲、剥削非洲和非洲人、土耳其崇高王朝的扩张政策、穆斯林莫卧儿人对印度的征服都不是和平的记忆。不容忍和残酷与冒险、权力、宏伟的味道混合在一起。上帝，在更多的时候，与文化、美貌、金钱、暴力混合得很好。

上帝造人

基督教的天才之笔,使其区别于所有其他宗教,就是道成肉身。上帝变成了人,人类的儿子就是上帝,在某种程度上,人变成了上帝。经历了所有的分裂和异端,从阿里乌斯到聂斯脱里和基督一性一派,教会从未停止对这一基本点的坚持:基督是上帝,并且,他是人。上帝不能被认识,但耶稣可以被爱。不可能的知识已经转变为爱。

上帝想要什么,我们不知道。基督告诉我们的是,我们必须爱上帝和人。无论对一个比其他任何制度都更长久的人类制度有什么看法,我们必须承认基督教的伟大和智慧:它把上帝留在原地,也就是留在其他地方,它把统治世界、改变世界和等待时间结束的权力转移给人。

教会的教义在历届大公会议中得到发展。它是伟大的思想和许多特殊利益之间讨论和辩论的结果。长期以来，在以弗所举行的一次著名的大公会议被称为"强盗会议"。据说，路德经过罗马时，对那里发生的争吵和人人自由发言的气氛感到震惊，他可能会喊道，如果这个腐败的宗教还没有在其过错的重压下崩溃，那么它一定有一些神圣的真理。

这个世界上的一切，也许包括自然界，像犹太教、伊斯兰教、佛教、基督教和天主教会都是人类的建构。这种人类的建构声称有一位上帝，它在圣灵的指引下，激励着会议和教皇，并在圣餐仪式中出现在每一个人的面前。耶稣在最后时刻对这位上帝说："以利，以利，喇嘛萨巴赫尼？我的上帝，我的上帝，你为什么离弃了我？"我们对它了解多少呢？

事实上，并不多。

圣额我略·纳齐安①的赞歌

你超越一切,
我们怎么能以另一个名号称呼你?
什么赞美诗能唱你听?
没有任何语言可以表达你。
什么精神能够抓住你?
你超越了一切智慧。
你独自一人,你不可言说
因为所说的出自你。
你独自一人,你不可知
因为所有的知识都从你那里来。
你是在众生的终点。

---

① Saint Grégoire de Naziance,4 世纪基督教会教父、加帕多家教父的第二号人物,他对三位一体神学贡献很有影响力,经常被西方教会引用。

你独一无二。
你是所有人,你不是任何人。
你不是一个存在
你也不是众生的集合。
你有所有的名字。
我该怎么称呼你。
你是唯一不能被命名的吗?
你超越一切,
我们怎么能以另一个名号称呼你?

作者！作者！

　　作者从未打算写一篇神学论文，一本儿童或成人的慕道书，一部战斗或宣传的作品。出于各种原因，也已在其他地方解释过，作者是在天主教和世俗宽容的精神下长大的——这种双重的联系也许可以在各处感受到。

　　他是不可知论者。他不知道。他想知道。或者，至少要多了解一点。他写下这本书是想要尝试看得更清楚一点。

两个问题

在我们每个人的一生中,至少有一次会碰到这两个问题,就这两个问题,这两个问题都很简单,也许无法作答,但我们很难不碰到它们,而且,从本书的开篇起,我们就一直在绕着这两个问题转。

第一个问题:上帝是否存在?

第二个问题:死后还有什么?

安塞姆和本体论的时间与不幸

长久以来,神学家和哲学家们都在试图证明上帝存在。他们乐在其中。他们从口袋里掏出证据,如格拉沃洛特的滂沱大雨,倾泻而出。它们被认为是无可辩驳的,而且它们只说服那些已经被说服的人。其中最著名的是圣安塞姆的论证,也称为"本体论证"。这很简单:上帝是完美的;完美意味着存在;因此上帝存在。

康德粉碎了本体论论证的观点:上帝不是一个我们可以形成任何明确概念的现象。我们无法说出关于上帝任何确定的话语。我们既不能证明也不能反驳他的存在。

上帝存在的无可辩驳的证据不仅是不可能的。最重要的是,这将是一场灾难。对于不信者、无神论者和上帝的敌人来说,这当然是一场灾难。对信徒和所有教会来说，这也是一场灾难。神的大能在人眼中是，即使我们相信他，我们也不知道他是否存在。奥秘是信仰的核心。像许多伟大的科学家一样，伯特兰·罗素不相信上帝。尽管如此，他的一位朋友有一天问他，如果他以一种非凡的方式在死后发现自己在最高法官、万物的创造者面前，他会怎么回答上帝。拉塞尔想了想，脱口而出："证据不足！"

我担心这位诺贝尔奖获得者已经被他作为逻辑学家和数学家的习惯所迷惑。上帝不需要证明：他把它们留给科学家和哲学家。上帝不是一个物理学实验：他不寻求将自己果断地强加于人。上帝不是一个等式：他宁愿回避明显的东西。上帝不是一个政治家：他不试图通过承诺和争论来获得选举。上帝的野心不是为了无可辩驳。如果他存在，他只需要一件事：他只需要存在——这就足够了。

上帝在本质上是未知的，隐藏的。在犹太教中，几乎不允许宣读他的名字。他告诉摩西，见到他就是死。当罗马军团入侵耶路撒冷圣殿的圣殿，即只有大祭司才有权进入的神秘之地时，他们惊奇地发现一个完全空虚和赤裸的圣殿。在穆斯林宗教中，禁止代表它。它的证据会摧毁所有的宗教。上帝是另一个世界中比我们更纯粹的理念。他是紧张的。他是希望。他是一个无限的梦想。康德比神学家和教会的教父们看得更清楚：上帝不是知识。他是一种信仰。

信仰和知识

上帝的优点在于,与上帝的亲近不仅仅限于有知识的人。即便我们一无所知,还是可以相信上帝。有时,尽管我们无事不晓,我们还是不相信上帝。这很常见。此外,一个人可能一无所知,但却相信上帝是个无稽之谈。一个人可能无所不知,但仍天真地相信上帝的存在。贝玑带着一丝挑衅写道:"所有的一切都很庞大,知识除外。"他补充道:"与可知的现实相比,我们的知识算不上什么;与不可知的现实相比,也许更是如此。"

世界没有尽头,上帝不属于这个世界。如果上帝存在,也许是在其他地方。上帝也许会在那些人的心中,他们虽然属于这个世界,但却需要其他东西。

还是我

我不知道上帝是否存在,但我一直希望上帝是存在的。无论如何,一定会有一个比我们这更接近正义与真理的地方,我们从未停止找寻正义和真理,我们从未停止追求,尽管我们永远也无法抵达。

我承认,怀疑有时会压倒希望。当然,希望有时也会战胜怀疑。这种不确定的残酷状态,用斯宾诺莎的话来讲,就是"波动性"(fluctuatio animi),即不会永远持续下去。感谢上帝,我将在未来死去。

我很幸运

我将在未来死去。我将成为过去。我经常问自己，我这一生做什么。答案很清楚：我爱过。我爱过这个世界。来到这个世界并非我自己的要求。我被扔到了这个世界上。在那儿待了多久？我不知道。（但我开始猜了。）被谁？我不知道。为什么？我不知道。我只知道我在这个世界上很快乐。

我很幸运。我所在的世纪是一个艰难的世纪。我想，任何时代都会发生不幸。即使是在伯里克利时代的希腊，即使是在文艺复兴时期的意大利，即使是在十八世纪的法国——这些时代看起来很愉快。至于灾难、残酷和痛苦呢，它们集中体现在二十世纪。我周围的许多人都曾经历巨大的痛苦。仇恨、战争、死亡、疾病、贫穷、绝望，对我生活的时代予以了加倍的打击。随着岁数的增长，我所在的国家和语言慢慢衰落。两次世界大战之间，法国仍处在宇宙的中心，为中央帝国的节节胜利而振奋。迈向第二次世界大战是一种悲哀，它被比以往任何时候都明亮的书籍所照亮。1940年的失败给予了法国有史以来最沉重的打击。战争的六年形同梦魇。世界走了出来，支离破碎，梦想幻灭。那个时代所留下的映像黯淡无光。而科学与技术已取得了长足的进步。生活变得便利，科技开始让人感到害怕。我认为，我的想法可能不对，人们更有信心了。据说，爱因斯坦在他生命的最后时刻，更愿做一名水管工。

在普遍的沮丧中，我做了自己能做的。生活待我非常宽厚，我也试图让它不那么黯淡，我想让生活变得多彩，变得欢乐。这是我所能做的最起码的事。

在这场悲伤与欢乐的游戏中，问题不断涌现。为什么我很幸运？我要感谢谁？为什么其他人被驱逐，被枪杀，被绞死，被斧头处决，在二十岁时去世或罹患癌症，要么被不幸淹没，要么被命运压垮——为什么不是我？我患有痛风病，对花粉过敏，我耳朵聋了，容易时不时晕倒，我做爱的次数比原来少，我跑步的速度也比原来慢：这些是我的麻烦，但我并不抱怨。我很幸运。我很幸运,谢谢。我可能比别人幸运得多。我很抱歉。

  我并不仅仅是幸运。我出生了。为什么?我参加了这场人类的伟大冒险,而关心这场冒险的人少之又少。为什么呢?为什么有人类?为什么会有世界?为什么有物而非无物存在?

明希豪森男爵历险记

上帝不可信,这是一个既定的事实。上帝不存在,则更加不可信。

许多天体物理学家和宇宙学家都坚持认为,宇宙是由偶然性和必然性的相互作用而自我生成的。既然偶然性本身就是必然性的偶然交集,那么,让我们扪心自问,结果和原因的链条及必然性概念是从何而来的呢?对于必然性而言,其显而易见的性质也无法阻止疑虑的产生。必然性和宇宙的一切,如空间、时间、物质、生命、进化等,具备相同的两种性质,即真实性和任意性。

《吹牛大王明希豪森》——法语版的《克拉克先生在他的旧城堡里》(*Monsieur de Crac en son vieux castel*)就是根据此书创作,为了逗乐大革命期间被恐怖统治动摇的资产阶级——十八世纪末在欧洲德语区取得了巨大成功。在这部天才的漫画中,卡尔·希罗尼穆斯·冯·明希豪森男爵的一言一行无不充满令人捧腹的娱乐精神。现实中,他出生于汉诺威,后加入俄国军队,与土耳其人作战。

他对萨莫萨塔的琉善和大鼻子情圣进行了模仿,又给后来的大仲马、儒勒·凡尔纳、H.G.威尔斯、丁丁及阿波罗行动以启发,他坐在一颗炮弹上飞往月球。在旅行中,他经历了几十场冒险。有一次,他掉进了一片沼泽地,差点被吞没。好在,他使了个好法子帮自己摆脱了困境:在不借助任何外力的情况下,他仅凭自己的头发和靴子,把自己从沼泽中解救了出来。

那些主张宇宙从无到有、自我生成的天体物理学家公开声称自己就是明希豪森男爵,不仅没有丝毫的羞耻心,而且还带着一种辛辣的幽默,让人无法不恭喜他。在纪念男爵的一场名为"自力更生"的运动中,一切都从虚无中产生。这是一个令人愉快的发明,无论它看起来多么不可信,相比之下,上帝有一种熟悉的、令人安心的平凡特征。

永恒的上帝

许多反对上帝的言论往往也是令人信服的。要知道，攻击他并不难。我们是人，在人类的眼里，没有什么，几乎没有什么，比上帝更荒谬了。比圣奥古斯丁早两百年，一位基督教辩护者就已经明白了这一点："我相信是因为它荒谬。"(*Credo quia absurdum*)

在反对上帝的论述中，有一点是基于倒推法，无限的倒推。假设上帝创造了世界，且上帝是万物之因，那么，将出现另一位上帝，作为创造者——上帝之因。更何况，宇宙本身是永恒的，而一连串的灾难、开端和结尾，大爆炸存在与否，都在无休止的循环中彼此相随。这正是不相信上帝的人的想法，他们有权这么想。

对于人类的思想而言，同上帝-创造者相比，这个概念同样难以理解。在大爆炸"以前",普朗克墙的另一侧是我们无论如何都无法言说、且不可想象的。尤其是,当时间和空间都来自大爆炸的情况下。上帝的介入阻止了无穷无尽的因果关系的循环。若时间不存在,且时间的延续同样不存在的话,上帝便从后果和原因的链条中逃脱了。上帝成为某类荒谬而神秘的固定性脓肿。假设上帝存在,它就成为古代哲学家所说的"causa sui(来自自身)",即自己的原因,它自己的原因。巴鲁克·德·斯宾诺莎是一名葡萄牙犹太人,路易十四统治初期,他生活在荷兰。在他看来,上帝是"物质"。斯宾诺莎的"物质"不同于公元前六世纪的米利都学派——还记得吗?——它既不是水,也不是空气,也不是火,也不是任何事物。在斯宾诺莎看来,"物质"是作为其自身基础的存在,在其绝对自足中存在,除了自身之外不依赖于外物。斯宾诺莎被阿姆斯特丹的犹太人拒之门外,在那些没有读过他的书的人眼里,斯宾诺莎只能算是一个无神论者。他的"物质",其实就是上帝。上帝是永恒的,因为它超越了时间,与时间无关。

因为我们的一生都在时间之内,所以,从我们的角度看，我们会认为存在于时间之外的上帝的想法是不合常理的。然而，这一想法并不比那些为了逃避上帝-创造者的假设而接二连三地构造一切的做法更疯狂。不管上帝是否存在，在大爆炸之外，我们的法则已失去了效力，我们不得不承认自己的无力，正如太阳、地球、月亮出现在苍穹以前，也是如此。

世界是一个谜

现在,我们终于抵达了漫长旅程中的一个转折点。我们知道些什么?我们知道得很多,这多亏了科学,它发现了很多长久以来被埋没的东西;我们几乎一无所知。事实上,我们几乎没有什么不知道。除了关键的东西。现如今,一名七岁小孩对周围宇宙及其身体的了解已经比亚里士多德和笛卡尔所了解的要多得多。然而,对流逝的时间,死亡,宇宙的意义,人类的命运,另一种可能的或不可能的生活的了解,即使把所有的诺贝尔奖获得者都加到一起,也比一个来自乌尔或底比斯、米利都或埃利亚、或伯里克利时代的雅典的孩子所了解的少。

似乎我们这个世界从来都是一个谜,它的构造,不论是自我的生成,抑或是外部的建构,都是为了将其打造成一个谜语。自古以来,在严格的规范下,世界神奇地连接着无限小和无限大，原子和光子、细菌、星系、星星、世界奇迹般地与无边无垠的宇宙相协调，我从不相信人类的思维能够揭开这个谜底。

科学是一项无止境的任务

一切是一个谜团,一个谜语,一个悬而未决的问题,一个谜。为了尽可能地在这个谜语中前进,我们唯一的资源是我们的思维,唯一的工具是科学。

科学仍然处于起步阶段,但它前途无量。科学将改变气候、地球的面貌、人类的状况,它可以带我们离开地球,可以征服其他世界,可以创造其他太阳,可以将我们的生命延长到无法想象的程度,它将从上到下进行改造。打破普朗克墙也不在话下。但科学不可能提供解开谜语的钥匙。

科学不断在进步:它拥有了属于自己的事业与荣耀。随着科学的前进,其视野也不断扩大。宇宙没有尽头,每一个问题的解决都将引出更多的问题,以致我们所不知道的非但没有变少,反而趋于增长,像一个不停充气的气球。科学从未达成目标,它的目标源源不断地更新，事实上，并没有目标：科学是一项无止境的任务。科学的伟大之处在于，一直处在未完成状态，犹如一个永远无法满足的梦。

现实是一场梦

科学并不孤单，它呈现出人类无限的梦想。一切现实都可以被视为一个集体的梦，无休止的，具有令人钦佩的连贯性，充满了甜蜜和暴力，所有人类前前后后，同时做的梦。梦沉浸在时间中，并随着时间的变化而变化。它代代相传，心心相印。对每个人来说，不可避免的死亡是划分梦的界限。它从一些人开始，又在另一些人身上继续。它在离开的地方继续前进，不知疲倦。如果没有更多的人类继续做这个漫长的梦，就不会出现更多的真实。可能还有星星、岩石、石楠、沙棘。但没有人把它们作为梦的素材，把它们连成一个整体，对它们感到好奇，并赋予它们意义。

科学释梦，同时成为梦的一部分。科学认为自己可以战胜它，解释它，征服它。科学是一个梦中梦。一样的强壮,一样的有力,也许更强大。不论如何,科学所在的梦更连贯,但科学也在梦里。

世界的眩晕感

科学无法告诉我，上帝是否存在，它怎么可能做到呢？但是，必要性和偶然性比以往任何时候都更让我感到惊讶。

偶然性让我吃惊的是它的积累。我有眼睛，它们看到了。巩膜、脉络膜、视网膜、角膜、虹膜、瞳孔、水液和玻璃体、晶状体。还有什么更简单的呢？（而且更复杂。）我有耳朵，它们听见了。鼓膜，锤子，铁砧，马镫，蜗牛。几乎是难以置信的。这有什么大不了的？天上有星星。它们不会互相倾轧，不会四处逃遁，它们顺着一条可以让自己被发现的路，它们的命运也可以被计算。尤其是在夏夜，犹如一道美丽的风景线，但我们早已习以为常，很少有人特地逗留。太阳照亮了我们，温暖了我们，使我们得以生存。我们肯定不会去太阳上面庆祝圣诞节。宇宙的一切都以绝对的精度运转着。我们不必为细枝末节所困。时间流逝，时间长驻，它过去了，也没有过去。我们对此一无所知。事情就是如此。我们不必再谈这个问题。

一次偶然，没什么比偶然还常见。两次偶然，有何不可呢？三次偶然，少见多怪吧。这些偶然，都朝着同一个方向，朝着物质构成的方向，朝着生命诞生的方向，朝着历史推进的方向，我开始感到头晕。

整个宇宙，还有它不变的规则，它的连贯性，它的和谐，太阳，星星，光，田野的花朵等等，我都不再说了，啊！还有时间，而我在时间之上，梦见这所有的一切，很多很多。世界让我感到晕眩。

不可思议的是，他们告诉我的一切，能够让我回到正轨，并让我相信整体自我生成的能力。包括有点过时的老月亮，那个毫无征兆从天而降的巫师符咒：偶然性和必然性神奇的结合，便足以解释宇宙的出现。盲目的轻信令我们安于现状。相互区别、对立的理论在你的面前来来去去，你免不了问自己，一次又一次地问自己，变得最为衰老的，可能不是老人。

如果上帝不存在……

上帝是否存在？只有上帝知道。

长久以来，人们一直假装上帝存在。这没什么了不起的。战争、剥削、暴力、各种犯罪、谎言。但仍有希望。

大概一两个世纪以来，很多人表现得好像上帝不存在。这个过程令人怀疑。世界变得沮丧。战争、剥削、暴力、各种犯罪、谎言。而且希望非常渺茫。

本书的雄心是要扭转这一趋势，给无法证明其存在与否的上帝一个机会。

给上帝一个机会，同时也是给人类一个机会。如果上帝不存在，我就不关心人类了。如果上帝不存在，愿它怜悯世人。

存在存在，就够了

  为什么有物而非无物存在？
  因为存在可以战胜虚无。
  存在存在，就够了。
  而且词语的选择是自由的：我们可以称它为上帝。

死亡：一个起点？

我们每个人都会死亡

时间系统包围了我们的现在,将我们隔绝其中,一端是充满阴影和神秘的过去,另一端则是未知的未来,那是我们的力量无法抵达的尽头。

我们对未来一无所知,除了一件事情:我们都会死亡。数字、数学、科学是无可辩驳的。死亡也是如此。这是我们能够夸耀的少数确定性之一。从《传道书》和怀疑论大师皮浪,到蒙田、笛卡尔和那个因为不再相信任何东西而跳出窗外的绝望者,人们可以怀疑一切——除了不可避免的死亡。不论是愚人、智者、有权势之人、国王、还是神的儿子,既然成了人,就必知道自己某一天会死去。人人都对这一点了如指掌,但为了继续生活,他们假装忘记了这一点。人人都害怕死亡,他们埋葬了对死亡的思考,就像埋葬他们的同伴一样。博须埃以一种野蛮的口吻写道:"在葬礼上,人们听到,这个必死之人已经死去,他们为此感到惊惶。"

人人平等，因为人人都会死去

要说我相信什么，那就是人人平等。有好书和坏书，有傻瓜和聪明人，有司智天使和卡西莫多，有跑得快的男孩和女孩，有圣人和杀人犯。但这些区别与等级无涉。一位诺贝尔奖获得者、一名法兰西学院教授、一个世界冠军、一位倾城佳人、一名红衣主教或首席拉比和最后一个无赖，与你我一样，在价值层面，人人平等。

然而，相信一部分人与另一部分人的命运具有同等的价值，却同样盲目。我们所有人的生活都是由历史、地理、气候、环境、气质、天赋和机会塑造的。其特点之一是不公平。一些人拥有一切，很多人一无所有。历史在反差中建构自我。

人与人之间如此不同，但也不乏平等。人人平等，因为人人都会死去。

生即是死

没有证据表明我们会死。一个年轻而健康的男人或女人往往更容易觉得自己能够不朽。在某种显而易见却又容易忽视的奇迹的作用下,我们每个人都在思考和行动,好像我们永远都不会死去。斯宾诺莎补充道:"自由人的所思所想皆关涉死亡,然而他的智慧并非对死亡的沉思,而是对生命的冥想。"

问题是,我们的生命与死亡交织在一起。每个生命在出生时都与死亡签订了无言的契约。活着就是死亡。然而死亡是一个机会:只有经历过的人才能被召唤去面对死亡。我们是延宕的亡者。普鲁斯特曾惊人地说,生者就是尚未履行完职责的死者。

另一堵墙，另一种惊讶

我们这些活着的人，对死亡一无所知。我们从未对它有过了解。我们永远也无法了解。似乎是另一堵普朗克墙，甚至比第一堵墙更难跨越，更自相矛盾，阻碍我们的，不是通向，而是认识。死亡无法想象。也许可以用以下这个观点来概括人类的状况：我们唯一确定的是，对于死亡，我们唯有沉默。

梦的素材

宇宙在膨胀，世界在变化，物种在进化，人体在分解，思想在转变。只要星球上有生命存在，死亡就一直在那里。也许，只有两样东西从起始就从未改变：时间——永远流逝的时间；死亡——一动不动的，不在场的，却在一旁窥伺的死亡。

对于一名作家而言，时间和死亡是梦想的素材：无须资料，而主题常新。人们不厌其烦地讨论，但往往徒劳无获。保罗·瓦莱里写道："死神的嗓音深沉，却言之无物。"我们同史前人类对时间和死亡的了解不相上下。

我们不会在未来死去：我们正在死亡

请读者原谅我一意孤行地和你们谈论死亡。我之所以如此固执，是因为死亡一直伴随着我们。我们不会在未来死去：我们正在死亡。生命中的每一刻，都在发生死亡。

死亡并非突发意外。当然，它可以在任何时候袭击我们。俗话说得好："意外发生得太快了……"但死亡并非意外。只有情况是突发的。我们生活在地球上，为了爱，为了快乐，为了在海里游泳，为了在森林里散步，甚至可能是为了完成伟大的壮举，或者欣赏美妙的事物，都有可能。但我们活着首先是为了死去。海德格尔在二十世纪便向我们反复强调：人是向死而生的存在。

死亡并非趣事

我们不能胡说八道,也不能肆意妄为地生活。生命是短暂的,永恒却很漫长,我们每个人都向死而生:我们无法不感到疑惑,在我们必须跨越的桥的另一边,是什么在等待着我们。在我们的生命旅程中,任何事情都可能是一件趣事,除了死亡以外。

上帝与死亡

我们都曾问过自己两个问题：上帝存在吗？死后有什么？这其实是同一个问题。如果上帝不存在，死亡就是一切的尽头。如果上帝是一个幻觉，则没有人会相信永恒生命的存在。然而，若那晦明晦暗的，我们称之为上帝的存在存在，那么可能会产生一个空间，帮助人们实现一些不切实际的愿望。

我们永恒的生命与上帝在我们心中的形象相关。

灰烬与种子

一言以蔽之：对基督徒、穆斯林或信奉犹太教的人而言，死亡并不可怕，反而值得期待。死亡使诱惑、痛苦和幻觉终结。死亡将我们领至神的脚下。死亡打开了通往真实生活的大门。死亡是一个开始。《缎子鞋》的作者在他的墓碑上刻下了这些大胆的文字："这里安放着保罗·克洛岱尔的骨灰和种子。"

所爱之人的死亡对信徒来讲，是欢乐，而非哀悼。信徒们无时无刻不在等待死亡来临，他们无权自杀。不仅我们祖母，十字军也是如此看待并等待死亡。活在犯罪和恐怖中的费达因[①]也同样如此。西班牙加尔默罗派修女生动的座右铭提醒着我们："受

[①] Feddayin，专指伊斯兰教世界中从属于一些宗教或政治团体的献身者。

苦还是死亡"以及"我的死是为了活着"。对信徒而言，生命在于为死亡做足准备。归根结底，相信上帝，就是热爱死亡多过生命。

颂扬无神论

人们宁愿赞美热爱生命多过死亡的人，他们不相信一切，不相信上帝，不相信魔鬼，不相信来世。他们疯狂地爱着生命，因为除此以外，他们别无所爱。即使没有来自上帝的命令，他们也会爱上其他人。

帕斯卡在《思想录》中将永恒的救赎与短暂的奇思妙想所带来的满足进行对比。在权衡旷日持久的好处与昙花一现的满足时，他把赌注放在信仰的价值上。与其他信徒无二，基督徒希望在来世获得妙不可言的幸福。而死后的永恒幸福超越了尘世在他们心中的分量。

因为他们为善而行善，不在乎死后的报酬，我们怎么会看不到，相反，不信教的人比任何人都更有能力树立值得效仿的榜样呢，他们比任何人都更值得效法。莱昂·布洛伊，这位在日常生活中难以共处的基督徒说道："唯一的悲哀是无法成为圣人。"不相信上帝，不在意任何奖赏，当生命结束之时，他们确信自己将走进虚无，无神论者像爱自己一样爱邻居，比爱自己更爱邻居，他们有权获得圣人的称号。也只有他们才会希望永远坐在他们不相信的那位主的右手边。

人生漫长而短暂

生活是美好的，有时是残酷的，但归根结底，它是美丽的。不论如何，由于某种原因，出于某个奇迹，我们对它抱有感情。

它布满着阳光、春天的山丘、路旁的梧桐、邂逅、情书、出发前往岛屿、那不勒斯、拉维罗①、卢克索和阿斯旺、瓦哈卡、西潘国②、巨大的希望和有点疯狂的计划、机会和奇迹、耐心和美丽。有人组建了家庭，有人建造了经久不衰的东西，有人写下了杰作。快乐终将属于我们。

而人生，在那么长的时间里，仿佛无休止般，突然就变短了。人生结束了。它消失了。

---

① Ravello，意大利南部小镇，是阿玛尔菲的空中花园。
② 日本古称。

"青春是一个迷人的东西……"

青春是一个迷人的东西，它从鲜花环绕的生命之初启程，犹如雅典人的舰队出发去征服西西里和恩纳的美妙田野。尼普顿的祭司高声祈祷；奠酒从金杯里倒出；海边站满了人，他们的祈祷和舵手的祈祷混成一片；在阿波罗的颂歌声中，船帆迎着黎明的阳光和气息展开。阿尔西比亚德斯身着红袍，美若爱神，站在三层桨战船上，引人注目，为他投入奥林匹亚事业中的七辆战车而感到骄傲。

然而，阿尔喀诺俄斯岛（île d'Alcinoüs）一过，幻想便告破灭：被放逐的阿尔西比亚德斯（Alcibiade）将在远离祖国的地方老去，身中箭矢死在蒂芒德拉的胸前。最初，他将希望寄托在伙伴们身上，他们是锡拉库扎（Syracuse）的奴隶，只有欧里庇得斯的诗行可以减轻锁链的重量。

这是什么？这是《墓畔回忆录》最著名的段落之一。以下是对文本的解读。

公元前五世纪下半叶的雅典，希腊乃至整个人类历史上最美丽的时期，阿尔西比亚德斯是那一代人中最杰出的年轻人。他来自煊赫的阿尔克马埃翁家族，是伯里克利的侄子，他身边围绕着他心爱的女人阿斯帕齐娅、巴门尼德的弟子埃利亚的芝诺、菲狄亚斯、索福克勒斯、希罗多德、米利都的建筑师希波达摩斯等等，在他的统治下，拥有雅典卫城、背靠大海的城邦成了灿烂的古典艺术与文明之都。当伯里克利死于瘟疫时，阿尔西比亚德斯年仅二十岁。他是一个令人惊叹的、面容英俊的年轻人，对权力、快乐和知识充满着渴望与好奇。

我们很了解他。在柏拉图的对话录里，阿尔西比亚德斯是一位坐在苏格拉底的脚边、热情地听苏格拉底说话的年轻人。苏格拉底，这位喜欢给人难堪的哲学家比英俊的年轻人年长二十岁。在伯罗奔尼撒战争开始时，苏格拉底在波提狄亚战役中救了当时年仅十八岁的年轻人的命,并与他公开相爱。在当时的人们看来,阿尔西比阿德的吸引力不分男女,以至于谨慎的中世纪人难以断定他的性别。在维庸著名的《历代淑女歌》(*Ballade des Dames du temps jadis*)中,诗人把他变成了女人。

> 弗洛拉是罗马城的佳丽,
> 请告诉我,她在何处羁留?
> 阿尔西比阿黛如今又在哪里?
> 还有泰伊斯,她的女友;
> [……]
> 去岁下的雪,今又在何方?

魔法棒一挥,阿尔西比亚德斯成了阿尔西比阿黛,多么富有诗意的神秘啊!

阿尔西比亚德斯既天赋异禀,又生性潇洒,年少成名的他成为一系列传奇故事、诱惑、冒险、绯闻的主角。他既能引领时尚,又能驾驭人心,在奥林匹克运动会上独领风骚。他拥有全雅典品种最稀有、品相最漂亮的狗,为了给围观者留下深刻印象,他把狗尾巴全部剪掉。他被所有野心勃勃的、被命运宠坏了的年轻人视作榜样,他们属于同一类人,对生命的璀璨时刻抱有期待。数百年后,从长相英俊的布鲁梅尔、拉斯蒂涅、奥赛伯爵到奥斯卡·王尔德和圣卢,他们在丑化资产阶级的同时,为自己在阳光下争取一席之地。

但阿尔西比亚德斯并不仅仅想得到幸福:比起哲学和爱情,让这位伯里克利的侄子着迷的,是行动、政治、权力。他敦促并成功说服了雅典人民对西西里岛发动一次殖民式的海军行动。夏多布里昂所歌唱的,正是阿尔西比亚德斯指挥的前往征服"恩纳的美妙田野"的雅典舰队,当时他已经三十四岁,正处在成功与荣耀的顶峰。众人所祈祷的神不是罗马海神尼普顿,而是希腊海神波塞冬,后来两位神祇间的区别将消泯于无形。波塞冬不仅统治着海浪,他还能够"撼动大地",释放出可怕的灾难。这就是他接下来将做的事情。

海神并未在远征中给予阿尔西比亚德斯保护,我不清楚阿尔西比亚德斯是否经过了阿尔喀诺俄斯岛,阿尔喀诺俄斯是荷马《奥德赛》中神秘的腓尼基人的国王:几十年前,雅典人在对抗强大的波斯帝国时打了胜仗,却在锡拉库扎惨遭失利。那些逃过一劫的阿尔西比亚德斯的同伴被关在了有名的拉托米斯，也就是今天仍然存在的锡拉库萨人关押囚犯的石矿。按照传统，为了忘记不幸，被俘的雅典人不停地背诵欧里庇得斯的诗句，就像长期以来戴着镣铐的罪犯高唱行军歌，或船奴在他们的椅子上吟唱水手之歌。

阿尔西比亚德斯一生的结局相当悲惨，他像闪电一样陡然消失。几句话便能总结他的结局。一个接一个的阴谋：他先在萨摩斯避难，后强行被带回雅典，再一次经历流放，最后，伯里克利的侄子死在弗里吉亚，现土耳其境内，在情妇蒂芒德拉的怀里撒手人寰。

这部被天才的夏多布里昂改写的冒险小说，这部被赋予了炽热色彩的B级电影，这部原本可以由好莱坞搬上荧屏由纽曼或雷德福扮演阿尔西比亚德斯，由费伊·达纳韦或金·贝辛格，或者是艾娃·加德纳或吉恩·蒂尔尼？饰演蒂芒德拉，理查德·伯顿饰伯里克利，奥逊·威尔斯饰波塞冬，查尔斯·劳顿饰苏格拉底的历史巨片到底有何意义？它唱出了生命的短暂及其悲剧性。

"青春是一个迷人的东西，它从鲜花环绕的生命之初启程……"

  啊！这是青春在奔跑，这是时间在流逝，比箭还快，这是生命在冲向终点。蒂芒德拉在某个地方等待着我们，让我们死在她的怀里。

处在两种虚无之间

死后很可能什么都没有,死亡给人类的希望画上了一个句号。蒙泰朗喊道:"开启吧,黑夜之门!门开了。而门后,一片虚无。"不相信上帝的人认为宇宙的诞生与存在无须借助外部力量,他们既不相信死后的世界,也从未对此抱有任何指望。我们经由某些熟悉的机制诞生于世界,进入时间,走进死亡,走出时间:一抔土,一捧灰,许是波浪的泡沫,一切都明了。

出生前,我们在哪里?无处可寻。死后,我们会在哪里?无处可去。简单来说,我们从虚无中诞生,又回到虚无。我们是空,是无。我们将成为空,将成为无。有趣而残酷,生命是一对括号,除了它本身没有其他意义。宇宙不指涉其他东西。生命也同样如此。

有一种东西叫作世界。它将整个消失,像我们一样。有一种东西叫作历史。它有自己的逻辑,但它没有任何意义。当人类像其他所有事物一样消失以后,没有人会记得他们。世界是美丽的。历史是存在的。这种美与这种存在走出虚无,又回到虚无。世界是一个伟大的梦。在这个伟大的梦里,生命是另一个梦。而在生命这个梦里,我们的存在是另一个梦。所有这些梦都没有意义,它们是荒谬的。

问题的核心

经过了那么多的迂回,经过了苏格拉底和阿尔西比亚德,经过了斯宾诺莎和夏多布里昂,经过了证明和惊讶,经过了那么多的不确定和矛盾,我们终于抵达了问题的核心。

问题的核心在于,去了解,或者说去猜测、想象、掷硬币甚至盲目决定,任何生命都是荒谬的吗?世界有意义吗?

摊牌吧

开诚布公地说：我很难相信宇宙没有任何意义。它不仅规则严明，性质稳定，而且荟萃了如奥秘一般微妙、复杂的时间，及长远之规划。这让我很难相信宇宙没有任何意义。

慢慢地，或突然地，在最后一场灾难中，人类消失了，像他们刚出现时一样：没有人会自欺欺人地相信，人类的存在将会是永恒的。当最后一个人也消失了，我还是很难相信那发生了的一切竟然像从未存在过。

我甚至很难相信我们所有人的生活都不过是一场悲喜剧般的闹剧。

意义是人类的必需品

不同的际遇构成了我们的生活，而偶然性则尤其占了上风。大多数时候，我们靠目视导航。"你一生都做了什么？"这个问题并不容易回答。尽管如此，我们仍试图在我们所走过的路上寻找某种一致性，即在无序与排斥中寻找一致性。意义是人类生存的必需品，同水、阳光和空气一样。

有一项活动，正努力将秩序引入偶然性当中，并努力将意义带入毫无联系、相互独立的现象中，即科学。

在科学看来，世界显然是连贯的。它与一个隐藏的、深刻的逻辑相一致。科学正在努力发现物质与自然的秘密，而这个秘密和科学有关。在科学看来，不论是宇宙的运行，抑或是宇宙中最微末的细节，都有各自的价值与意义。

然而，以下的观点在科学看来是易于接受的：第一，严格的规则可以从无到有，也可以最后归于虚无；第二，能够理解万物秩序的人可能荒谬地死去；第三，各部分结构严谨的宇宙就整体而言毫无意义。

神秘的命运

我们是否同意,没有上帝的世界是荒谬的,而有了上帝,世界就不会那么荒谬了?当然不是。请记住我们的格言:"我相信是因为它荒谬。(*Credo quia absurdum.*)"对我们这些可怜的人类来说,上帝也很荒谬。

在世界和命运面前,没有人能够逃脱那种晕眩感,它牢牢包裹着我们。面对无法理解的事物,我们也从未停止过挑战。我们所能做的一切,这已十分不易,就是问自己关于死亡和上帝的问题。

不可能假装事情就是如此,不可能不向自己提问。无论上帝是否存在,神秘都令我们着迷。因为时间会流逝,死亡在尽头,神秘就是我们的命运。爱因斯坦说:"我们能拥有的最美的经验,就是神秘的经验。"

存在之光

我们出生前的奥秘和死亡后的奥秘不一样，正如普朗克墙的另一边的奥秘和时间尽头之后的奥秘也不一样：区别在于生命，区别在于历史，区别在于每个人的认识。我们每个人，就像世界一样，已经走入了时间。而我们每个人都想知道自己到时间里去做什么。

从某种程度上来讲，走进时间就是参与存在。时间，总是流动的，把我们与存在，一动不动和光芒四射的永恒区分开。但是，因为我们有能力思考，所以它给了我们一个概念，它从远处，在某些时刻向我们展示它：在提香、伦勃朗、德加的画作中，在巴赫的大合唱或莫扎特第21号协奏曲中令人心碎的行板中，在龙萨或阿拉贡的诗中。在牛顿的理论或达尔文的理论中，在一个数学公式中，在努力中，在发现中，在热情中，在创造中，在爱中，在慈善中，在欢乐中，它的光辉照耀着我们被俘虏的眼睛。柏拉图说，时间是永恒的移动着的映像。

　　时间的箭头从大爆炸指向一切的尽头，从我们的诞生指向我们的死亡，反之，未来无处容身，除非它变成现在，再变成过去。过去也无处容身，但与未来不同的是，过去经受过火的考验，它存在过，它借着存在之光点燃了自己的翅膀。我们无法在任何地方找到未来，但过去可以通过我们的记忆复活，它就在某处，很难说明具体的位置。同样，在大爆炸以前，宇宙也无处可寻，只有在末日之后，才会在某处现身。而我们，我们在诞生前，同样无处可寻，只有在死亡之后，才可能在某处现身，很难说明具体的位置。

记忆的姊妹

米开朗基罗写道:"上帝给了记忆一个姊妹,取名为冀望。"我曾眷恋过去。我也曾倾慕未来。我还花上我的时间和我的生命去冀望别的东西。在世界之外,在死亡之外,我仍冀望别的东西。是什么呢?

时间是一场幻觉

我一直不愿意轻易相信印度和佛教的转世观念、穆斯林的天堂观念、基督教的肉体复活观念。死亡是走向时间之外。时间是一对括号，一场幻觉，一个梦境，也许也是一个谎言。一直以来，劳动人民的智慧告诫着我们："当人死了，就会死很久。"死亡，就是进入永恒。几度春夏，永远，永恒。

永恒意味着什么？我们无法得知。但我们可以表达希望。

疯狂的冀望

每个人都按自己的意愿行事。我希望在我死后,会出现一些我不知道的东西。我希望在时间之外,有一种力量,由于近似和为了简单起见,我们可以称之为上帝。

除了这个疯狂的冀望,我没有其他信仰。

怀疑上帝

不管是明示还是默示,我一直心怀一种疯狂的冀望。我不太相信。我经常这么对自己说,语气里带着一丝遗憾的阴影,或少许的焦虑,我几乎什么都不信。我不相信荣誉,也不相信建制的伟大,不相信社会地位的差别,不相信存在的严肃性,不相信制度,不相信国家,不相信政治经济,不相信美德,不相信真理,不相信人类的正义,不相信我们那出了名的价值观。我可以忍受。但我不相信。对我来说,文字已经取代了祖国和宗教。这是真的:我爱上了文字。它们就是这个世界的形状、色彩与旋律。它们已经取代了祖国和宗教在我心中的位置。

不相信上帝的人和相信上帝的人一样,易盲目轻信。他们容易相信一大堆和他们拒绝相信的上帝一样不可信的东西:有时,他们相信偶然性和必然性，有时他们相信宇宙的永恒，或者相信关于某个时期的神话。他们尤其相信人，相信人是创造的顶峰与荣耀，是值得骄傲和珍惜的杰作，他们相信人文主义。很遗憾，我必须承认，我不相信这一切。要说我相信什么，我相信上帝，如果它存在的话。它存在吗？我不知道。我愿意相信它。我常常怀疑它。我怀疑上帝，是因为我相信他。我相信上帝，因为我怀疑它。我怀疑上帝。

我是个好孩子。除了文字及它的旋律以外，后者作为前者的起源与目的，还有一些非常隐晦的东西将我与其他人联系在一起。我更希望他们不要被折磨、被屠杀、被轻视、被摧毁，不要受到任何形式的羞辱。我相信，生命，不仅是人类的生命，必须得到尊重。一种相同的冀望将我们彼此联系在一起，并使我们给予对方以支持。我想这正是学究们称之为超验的冀望吧。

除了世界以外,还有别的东西

简单地说:除了世界以外,还有别的东西。

除了世界以外,还有别的东西吗?

啊,当然,先有了这个世界。有许多人相信,除了这个世界以外,再无别的东西。然而,仅仅是它的进程,即我们称之为历史的东西,就足以让我们晕头转向。

人类的历史

历史是时间铸就人类命运的形式。几十亿年的时间里，时间流逝不停，人类还未出现，因此，也无人对时间进行思考，时间自为地建构出了一个宇宙，一个与真实无涉的宇宙。人类出现了。他们从物质中现身，他们开始思考。无论好坏，他们接替了上帝，接管了事务。不一会儿，他们完完全全地沉入历史。你看：历史已经漫到了他们的脖子。

事实上，有两段不同的历史。首先，正在生成的宇宙的历史，只有上帝才知道。然后是由人类的思想组织并讲述的历史。面对一连串接踵而至、纷繁复杂的事件，人类对其进行任意的分类与排序。而他们编撰的故事也难免疏漏，无法严格地保证其内在一致性，他们将此类叙事称之为历史。

在人类不完美的历史或上帝完美的历史里，发生了什么呢？社会形成，冲突无时无刻不在爆发，帝国诞生又灭亡，新发现接踵而至，伟大的事业正在完成，启蒙在传播，思想在发展，习俗在改变，气候变化，一切都在变化中，从未停止前进，从未保持不变。《猎豹》（*Guépard*）的名言"为了保持不变，一切都必须改变"不仅适用于萨利纳王子和西西里贵族，也适用于历史。

理论正在创立。从希罗多德、修昔底德、提图斯·李维、塔西佗、伊本·赫勒敦，到吉本和米什莱，伟大的思想家们都在试图理解人类的隐藏命运。对马克思而言，真实的是经济与社会。对弗洛伊德来说，性起到了决定性的作用。斯宾格勒认为，文化像人一样会衰老、溃败。汤因比认为问题的关键在于人类所投身的一项挑战。福山认为历史正在我们眼前完结。亨廷顿谈到文明的冲突。每个时代都有每个时代的视角、幻想、天才之作、恐惧与希望。

蒙田是最优秀的历史学家，他将世界看作一个"永远荡着的秋千"。如果说历史留下什么教训的话，那就是阳光下的一切都会过去，一切都会继续。在人类的历史上，没有什么是确定的。没有什么是理所当然的。制度、体系、学说，兴衰更迭，人生常事。这也同样是帝国、宗教、爱情与野心的命运。

似乎历史就是一场发生在强者与弱者之间的斗争。当然，强者压倒弱者。众所周知，上帝是站在胜利者的一方。但最终，根据历史的一贯伎俩，弱者将成为强者。主人的统治，暴君的残酷，傲慢之人手握权力。而在任何地方，从长远来看，奴隶将战胜主人，人民将战胜暴君，谦卑之人将战胜傲慢之人。关于我们世界的令人震惊与欣慰的秘密是，尽管弱者无法场场胜利，但至少强者总是以失败告终。这就是规律。这就是法则。

仅举几个最近的例子吧，迦勒底人[①]、亚述人[②]、玛代人[③]和波斯人在互相摧毁之前轮流获胜，古希腊人败给了罗马人，罗马帝国后被野蛮人入侵，拜占庭帝国被土耳其人打败，打了胜仗的奥斯曼朴特不久将分崩离析，神圣罗马帝国也免不了瓦解的命运，西班牙、英国和法国先胜后衰，国家社会主义德国

[①] 是主要生活在西亚两河流域北部的一支闪族人，以及与非闪族人融合的闪族人。在西亚有近四千年的悠久历史。
[②] 是生活在两河流域的居民，两河文明的中心大概在现在的伊拉克首都巴格达一带，古称亚述。
[③]《圣经》族名，玛代是挪亚之孙，雅弗的第三子，该族原系游牧民族。或称米底亚王国／玛代王国，是古伊朗人，他们说米底语，居住在伊朗西部和伊朗北部之间一个称为米底的地区。据信他们在公元前8世纪在伊朗崛起。

和共产主义俄国在他们的支持者、受害者甚至对手的眼里，似乎已经建立了上千年，但它们很快就消失了，一个接一个，化为虚无。逆着一般舆论的潮流，可以预测美国、中国、印度、巴西和伊斯兰世界在占据或即将占据优势地位后，也会像它们的前辈一样，面临衰落的可能。一切只是时间问题。对于我们目前活着的人来说，可能无法看到非洲的复兴，它是人类历史的母亲，而如今却十分不幸。但是，在不久的未来，非洲无疑会重回世界发展的前列。未来，将产生一个统一的世界，种族的区别将消失殆尽，如同消逝的史前史一般，必将产生另一个世界。

不论是在公共生活领域，抑或是在私人生活范围，人类的统治，无论是过去的、正在进行的、还是将来的统治，均通向一个唯一的结果，即被推翻。于个人，是死亡。于人民，是历史。无一例外。王子、执政官、法老、国王、皇帝、沙皇、哈里发和苏丹、拉贾和尼扎姆、反叛首领或人民领袖、有权有势之人，最后都像拉美西斯二世那座高近二十米、重达一千吨的巨像一样，四分五裂。那巨像的碎片散落在我们称为卢克索的这个百门之城的拉美西斯博物馆入口的庭院里。

"不要告诉上帝……"

你想让我对你说些什么？历史的发展绝非偶然。历史的前进有它的必然。历史绝不像一个喝醉酒的人那样蹒跚地走。历史是残酷的，且往往是残暴的。但历史有自己的逻辑，隐忍而可怕的逻辑。存在一种历史的意义。我们可以在过去分辨它的意义，却无法在未来找寻。意义像上帝一样被隐藏了起来。人类创造了历史，但他们不知道自己所创造的历史。甚至可以说，他们创造的历史与他们无关。

最令人难以置信的是，个体的自由无法阻止统计学上的、整体的决定论。即使我们无法得知个体的无限动机，我们也能明确地计算出有多少人将在周六晚上穿行过艺术桥，或在周日参观克里姆林宫或威斯敏斯特修道院。我们知道未来将有九十亿人生活在地球上。尼尔斯·玻尔或海森堡告诉我们的量子物理学微观粒子的不确定性与个人的自由意志之间存在着平行关系。二者均不假,却难以改变宏观世界势不可挡的前程。

最后,人们不禁要问,激动和行动是否是有必要的。在听到天文学家谈论宇宙的广袤后,齐奥朗犹豫着要不要刷牙。也许《登山宝训》中的生活戒律也适用于历史:"你们看野地里的百合花,它也不劳苦,也不纺线。然而,我告诉你们:就是在所罗门极荣华的时候,他所穿戴的还不如这一朵花呢!"行动总是令人生疑。世界和它的历史使我们疲于应付。我们无法做出明确的判断。我们不明就里地选择。我们稀里糊涂,不知所措。世界日渐复杂,愈加一致,而我们却茫然不解。对于我们无法理解的奥秘或者超出我们能力范围的事件,我们却假装自己是它们的主人。

起初,历史上的种种决议看起来似乎很成功,后来却与决定者的意图背道而驰,这样的例子比比皆是。《凡尔赛条约》为希特勒做了嫁衣。事实证明,法国支持普鲁士而反对奥地利将导致一场灾难。无数的暴君从无到有,培养出了推翻他们的野心家。失败是成功之母。阿维拉的圣特蕾莎的呼喊令我目眩神迷："有多少眼泪会为如愿的祈祷而洒！"尼尔斯·玻尔给爱因斯坦的建议仿佛是对圣特蕾莎的呼应："不要告诉上帝该怎么做。"

上帝知道他必须做什么。而历史比我们更清楚它的怀抱里藏着什么。

什么是一本好书?

好书是那些能使读者发生一点改变的书。譬如《圣经》、《伊利亚特》和《奥德赛》、《古兰经》、蒙田的《随笔》、高乃依《熙德》、帕斯卡《思想录》、拉封丹《寓言》、拉辛《贝芮妮丝》、歌德《浮士德》、夏多布里昂《墓畔回忆录》、卡尔·马克思《资本论》、达尔文《物种起源》、陀思妥耶夫斯基《卡拉马佐夫兄弟》、弗洛伊德《性学三论》、儒勒·雷纳[①]《日记》、奥芬巴赫的歌剧、纪德《人间食粮》、贺拉斯、欧玛尔·海亚姆[②]、拉伯雷、塞万提斯、莱奥帕尔迪[③]、海因里希·海涅、奥斯卡·王尔德、康拉德、博尔赫斯、齐奥朗……

[①] Jules Renard,法国小说家、散文家。
[②] Omar Khayyam,波斯著名数学家、医学家、天文学家、哲学家和诗人,著有《鲁拜集》。
[③] Leopardi,意大利19世纪著名浪漫主义诗人,一生饱受疾病折磨,开意大利现代自由体抒情诗的先河。

我不知道这本书是不是一本好书，也不知道它是否使读者发生一点改变。它改变了我，治愈了我的痛苦和我的失常。它让我感到幸福，一种自信与平静。它予我希望。

前进的感觉

有了信心,有了希望,世界就有了动力、高度、欢乐。世界被一种种前进的感觉包围。它开始舞动。它让人想歌唱。它不再是一个孤儿,它不再一无是处。它不再荒谬。它仍是一个谜。但即使我们无法把握它的意义,它仍有一个意义。

幸福降临

一种幸福降临到我的身上。世界仍是原来的世界。但意义已发生改变。人类和我都不再是唯一的责任人。我们中的每个人就像是一根链条上的一个个环节,链条远超过了我们。这是一种未知的力量,它在人类之外,超越了人类的历史,在空间与时间之上。

我抬起头。阳光耀眼。在奇迹般的运气下,太阳闪耀着,它亘古不变,无所不在,它甚至可以抵达地球最深处的角落。我十分理解为什么太阳一直是人类崇拜的对象。它与我们的生命息息相关。它为我们提供热量,它为我们照亮。太阳播散着阳光,照耀着世上一切的美。它是规律与永恒的象征。我们常常怀疑它在第二天是否还会照常升起,我们愿意相信,它将永远永远高悬天边。然而,我们清楚它出现的时间和条件,也明白它将消失在可预见的未来。一切都会消失。作为美丽、善良、唯一的象征的太阳也不例外。

傍晚时分,夜幕降临。星星出现了。我们了解它们的运动、它们的本质、它们的命运。我们知道星星和我们之间的纽带,我们也只不过是星尘。奥斯卡·王尔德写道:"我们都生活在阴沟里,但仍有人仰望星空。"就让我们梦一场吧。那短暂而结实的、明显而脆弱的线沿着闪烁的星星来到我生活的每一天里。

我在世界漫行。曾经那么大的地球变得那么小。对我来说,今天去巴厘岛,去萨摩亚①,去火地岛②,明天去月球,比两三个世纪前去沙特尔③,去佩里格④,去罗什福尔⑤,去安纳西⑥,还要容易。令我们倍感诧异的过去已变得模糊不清。而不可思议的未来也很快会变得陈旧,被尘封在过去。生活简单而清

---

① Samoa,南太平洋岛国,约位于夏威夷至新西兰之间。
② la Terre de Feu,南美洲的最南端,东部属阿根廷,西属智利。
③ Chartres,法国中北部的一位清幽小城。
④ Périgueux,法国历史文化名城,西南地区重要城邦之一。
⑤ Rochefort,法国西部城市,离大西洋岸15公里,原为防止罗马人入侵而修建的要塞。
⑥ Annecy,法国阿尔卑斯山区最美丽的小镇,被称为"阿尔卑斯山的阳台"。

晰。生活不过是一个谜。

云来了。下雨了。另一个奇迹。另一个机会。在天气和光线之后，是水。这里有水，海洋、湖泊、河流、冰川、瀑布。这里有山脉和丘陵，山谷和山口，平原和森林。有树。它们就是魅力本身。世上的美景在树上安家。这里有橡树、梧桐、海上松和伞形松、柏树，我的上帝！橄榄树、葡萄园、沙玫瑰和沙漠。

还有人。也有大象。骆驼、老鼠、鼩鼱、猫头鹰、长颈鹿和猫。也有男人，和女人。女人和其他人一样，都是男人。而男人也和其他人一样，尽力做女人。所有的女人都是男人，只有二分之一的男人是女人，这还是运气好的时候。世界上的一切不同的东西都相似。而一切相似的东西都不同。

整体诞生于虚无，虚无中包含了一切。时间将虚无变成了我们的整体，又在不远不近的未来，将整体再次变为虚无。我们所有人都是猴子、海绵、藻类、星星。我们都来自虚无。我们都将回到虚无的状态。而在虚无和虚无之间，我们都是一个整体的微小而独立的碎片，我们属于这个整体，我们与整体之间存在着无数的联系。

人类有天赋。他们认为。你明白我的意思吗？他们支配着火和马。他们发明了工具、轮子、农业、写作、工业、电子。他们建造了比其他任何城市都更美丽的城市——杰里科、巴比伦、孟菲斯、底比斯，我们称之为卢克索、波斯波利斯、拥有卫城的雅典、变成博德鲁姆的哈利卡尔那索斯、以弗所、米利都、帕加马、台伯河上的罗马和七座山丘、金角湾上的拜占庭、沼泽地里的威尼斯、巴格达——哈伦·拉希德和《一千零一夜》的城市、撒马尔罕——埋葬塔梅尔兰的地方、伊斯法罕和设拉子，锡耶纳——杜乔、西蒙尼·马蒂尼、两位洛伦泽蒂、皮萨诺、平图里乔工作的地方，美第奇的佛罗伦萨——美第奇家族是伯里克利和腓特烈二世霍亨斯陶芬的竞争对手、位于高处的贝加莫、亨比——胜利之城，拥有无数的宝藏，1336年由泰卢固王子建立，1565年被德干半岛的穆斯林苏丹国联盟摧毁、阿斯科利·皮切诺，仍留存着尼古拉·菲洛特西奥（Cola dell'Amatrice）的回忆、莱切、法泰赫普尔西克里（Fatehpur Sikri），伟大的阿克巴城（Akbar），它想融合所有的宗教，却在成功后因缺水而变得人烟稀少。巴黎和纽约，仍然屹立不倒，它们的威望也许不会持续很久，绝对无法永远持续下去，还建造了寺庙、陵墓、清真寺、大教堂、桥梁、高架桥以及交汇的高速公路。他们雕刻了狮子、女神、男神、处女、圣徒、恋人。他们画十字架上的基督、圣母升天、沐浴的少女和苹果。他们写诗——

> 这世界最终是一件奇怪的事
> 有一天，我将离开，无法言及所有
> 这些幸福的时刻，这些正午的火焰
> 无边的黑夜与金色的裂口

——弥撒曲、大合唱："我们的神是一个坚固的堡垒（Ein feste Burg ist unser Gott）"或"醒来吧，这声音在呼唤我们（Wachet auf, ruft uns die Stimme）"或"心与口、行为与生活（Herz und Mund und Tat und Leben）"或咖啡大合唱的咏叹调"今天依然如此，今天依然如此（Heute noch, heute noch）"，芭蕾舞剧、歌剧、娱乐节目、小说。他们耕种土地，他们使土地变得贫瘠。他们使世界变得更加美丽，他们也将世界洗劫一空。

我们被虚无的深渊所包围，或者我们称之为虚无的东西，这也许是另一个比我们更加真实的整体，我们从里面出来，又回到里面去。而邪恶就在我们中间。它与美混在一起，有时与美融合在一起。美，善与恶，正义，真理，机会与必然，我们的自由，历史让我们头晕目眩。我们是疯狂的老鼠，四处奔窜，释放和铿锵的钟声，醉心于自己的木偶，有巨人梦想的矮人。

所有出生的人都会死亡。在时间中出现的一切都将在时间中消失。在事物的开始，也就是不到一百四十亿年前，只有未来。在这个世界和时间的尽头，将只存在过去。人类所有的希望都将变成一种回忆。作为对谁的记忆？除了那个与万物融合的永恒的虚无之外，将什么都不剩下，世界从它那里出现，它将回到它那里，我们称之为上帝。

钦佩

像其他出现在这个地球上的事物一样,这本书也要结束了。四种感觉从世界和人那里涌现出来,每一种都比上一种强烈,我向它们投降。

第一个有一些老式的东西,必须说,是老式的。它是钦佩。

对时间、光线、必要性、偶然性的钦佩。

对一个明显不可改变且瞬息万变的万物秩序的钦佩。

对人类及其天才的钦佩。

钦佩神秘的美,它若隐若现,似有似无,激发着创作,使文字在墨水里流动。

太阳升起,太阳落下。四季更迭。星系带着数以十亿计的星星一起漫游。质子、中子、电子、中微子、各种粒子以及夸克和存在可疑的大质量弱相互作用粒子相互环绕。人类的历史向前发展，从开始到结束，永远不受干扰，从不一成不变。孩子们诞生，他们长大，他们变老，他们死亡，他们消失。一切都在改变。一切如旧。云的形状、山的走势，早晨的树，傍晚的薰衣草花田，维吉尔或让·图莱的几行诗句——

> 我在夜幕下为你遮掩……
> 或者
> 一个纳瓦拉流浪汉
> 为我们弹奏吉他。
> 啊，我多么喜欢纳瓦拉
> 还有爱情和新鲜的葡萄酒……

亨德尔或舒伯特的几个小节，卡帕乔画作中逃亡僧侣的长袍，或者皮耶罗·德拉·弗朗切斯卡在皇帝安眠的帐篷里的梦境，都足以照亮世界，使我们备受感染。

欢乐

　　第二是欢乐。如果世界之外还有其他东西，那么这个世界就变成了一个笑料。永恒的东西往往是令人愉快的，但总是暂时的，总是微不足道的。钦佩中夹杂着一点冷漠，一丝讽刺，一丝蔑视的阴影。人的梦想充满了宏伟。

　　而他们是被嘲笑的。从我自己开始。快乐让我们陶醉，它们是阴影的阴影。幸福的唯一命运是成为一种记忆。对这个世界和它的历史，首先是对如此热衷于追求的社会成功和制度上的宏伟，最好的态度是让它们远离。从尘土中站起来，又回到尘土中去，这绝不是值得过分崇敬的。生活是一场梦，最好是笑着面对它。我从未停止对自己和他人的嘲笑。我一直试图在短暂的生命中获得乐趣。

感恩

第三是感恩。这个奇怪而短暂的生命对我十分纵容。我爱上了它。长期以来,我一直想知道自己应该感谢谁。这本书帮我做出了解答。

一切都好

第四种也是最后一种我无法逃避的感觉，我不知该如何形容。它将悲哀、怜悯与希望融为一体。

有邪恶。邪恶随着人和思想诞生。在人类和思想尚未出现以前，邪恶也还未出现。邪恶处在历史之中，推动着历史发展。而它同美丽或时间一样神秘。

时间，天才，美丽……是的，当然……贫穷、饥荒、干旱、地震、疾病、抑郁、谎言、被背叛的友谊、不快乐的激情、暴力、绝望也在统治着世界。人们问我是做什么的。我在做什么？我做我能做的。我希望如此。

我希望人们不会一直受苦。或者说，少受一点苦。我希望那些从未拥有过幸福的人最终能获得一点幸福。我希望，这是不是很傻！常常被遮蔽的正义与真理不再仅仅是幻觉,而是能够在地球上,甚至可能在其他地方,揭露真相。当我们思考时,请牢记上帝存在;当我们行动时,也请牢记上帝已死。

在人的身上,而且仅仅在人的身上,才有一种对美、对真理的冲动,以及对希望的渴求。

一切都好。

译名表

A

阿波隆 Apollon
阿道夫·希特勒 Adolf Hitler
阿道司·赫胥黎 Aldous Huxley
阿顿 Aton
阿尔伯特·爱因斯坦 Albert Einstein
阿尔弗雷德·奥塞 Alfred d'Orsay
阿尔弗雷德·德·缪塞 Alfred de Musset
阿尔弗雷德·德雷福斯 Alfred Dreyfus
阿尔戈斯 Argos
阿尔喀诺俄斯 Alcinoüs
阿尔克马埃翁家族 Alcméonides
阿尔西比阿黛（见阿尔西比亚德斯）
　Archipiada (voir Alcibiade)

阿尔西比亚德斯 Alcibiade

阿弗洛狄忒 Aphrodite

阿伽门农 Agamemnon

阿胡拉·马兹达 Ahura-Mazda

阿基米德 Archimède

阿喀琉斯 Achille

阿卡城 Saint-Jean-d'Acre

阿卡德 Akkad

阿卡德的萨尔贡 Sargon d'Akkad

阿卡普尔科 Acapulco

阿克巴 Akbar

阿肯色 Arkansas

阿拉密斯 Aramis

阿耶波多 Aryabhatta

阿利乌 Arius

阿马尔菲 Amalfi

阿蒙 Amon

阿蒙霍特普四世 Aménophis IV

阿姆斯特丹 Amsterdam

阿努 Anu

阿努比斯 Anubis

阿努特 Anut
阿诺德·汤因比 Arnold Toynbee
阿庇斯 Apis
阿普苏 Apsu
阿瑞斯 Arès
阿切特里 Arcetri
阿斯科利·皮切诺 Ascoli Piceno
阿斯帕齐娅 Aspasie
阿斯旺 Assouan
阿特柔斯 Atrée
阿图尔·叔本华 Arthur Schopenhauer
阿图姆 Atoum
阿托斯 Athos
阿维拉的特蕾莎 Thérèse d'Avila (sainte)
埃勃拉 Ebla
埃德加·德加 Edgar Degas
埃德蒙·阿布 Edmond About
埃德温·哈勃 Edwin Hubble
埃尔温·薛定谔 Erwin Schrödinger
埃里克·纽比 Eric Newby
埃利亚 Élée

埃利亚的芝诺 Zénon d'Élée

埃米尔·左拉 Émile Zola

埃斯库罗斯 Eschyle

埃文河畔斯特拉特福 Stratford-upon-Avon

艾玛·达尔文 Emma Darwin

艾萨克·牛顿 Isaac Newton

艾娃·加德纳 Ava Gardner

爱奥尼亚 Ionie

爱德华·吉本 Edward Gibbon

安布罗乔·洛伦泽蒂 Ambrogio Lorenzetti

安德烈·纪德 André Gide

安德烈·苏亚雷斯 André Suarès

安德洛玛克 Andromaque

安纳托利亚 Anatolie

安纳西 Annecy

安提戈涅 Antigone

安提瓜 Antigua

安托万·阿尔诺 Antoine Arnauld

奥本·勒维耶 Urbain Le Verrier

奥古斯都 Auguste

奥利弗·克伦威尔 Oliver Cromwell

奥林匹克 Olympie

奥林匹亚 Olympe

奥诺雷·德·巴尔扎克 Honoré de Balzac

奥斯卡·克莱因 Oskar Klein

奥斯卡·王尔德 Oscar Wilde

奥斯瓦尔德·斯宾格勒 Oswald Spengler

奥西里斯 Osiris

奥逊·威尔斯 Orson Welles

B

巴比伦 Babylone

巴尔达萨雷·隆盖纳 Baldassare Longhena

巴格达 Bagdad

巴拉克·奥巴马 Barack Obama

巴厘 Bali

巴鲁赫·斯宾诺莎 Baruch de Spinoza

巴门尼德 Parménide

巴伊亚 Bahia

白沙瓦 Peshawar

柏拉图 Platon

柏林 Berlin

拜占庭 Byzance
半人马座星系团 Centaure（amas du）
保罗·克洛岱尔 Paul Claudel
保罗·纽曼 Paul Newman
保罗·瓦莱里 Paul Valéry
保罗-让·图莱 Paul-Jean Toulet
贝加莫 Bergame
彼得·保罗·鲁本斯 Pierre Paul Rubens
毕达哥拉斯 Pythagore
平图里乔 Pinturicchio
波尔多斯 Porthos
波尔图 Porto
波拉波拉 Bora Bora
波塞冬 Poséidon
波斯波利斯 Persépolis
波斯湾 Golfe Persique
波提狄亚 Potidée
波西塔诺 Positano
彼得罗·洛伦泽蒂 Pietro Lorenzetti
伯里克利 Périclès
伯罗奔尼撒 Péloponnèse

伯特兰·罗素 Bertrand Russell
博德鲁姆 Bodrum
布拉格 Prague
布莱兹·帕斯卡 Blaise Pascal

C
查尔斯·达尔文 Charles Darwin
查尔斯·劳顿 Charles Laughton
夏尔·德·莫尔尼 Charles de Morny
查理曼 Charlemagne
查理五世 Charles Quint
查士丁尼一世 Justinien
坎昆 Canán

D
达达尼昂 Artagnan (d')
大鼻子情圣 Cyrano de Bergerac
大马士 Damas
大苏尔 Big Sur
大希腊 Grande Grèce
丹多洛 Dandolo

但丁·阿利吉耶里 Dante Alighieri
德干 Deccan
德谟克利特 Démocrite
德尼·狄德罗 Denis Diderot
地中海 Méditerranée
狄奥多拉 Théodora
狄奥多里克 Théodoric
狄奥尼索斯 Dionysos
底比斯 Thèbes
底格里斯 Tigre
第谷·布拉赫 Tycho Brahe
蒂芒德拉 Timandra
丁丁 Tintin
杜布罗夫尼克 Dubrovnik
杜拉·欧罗普斯 Doura Europos
杜乔 Duccio

E
俄狄浦斯 Œdipe
俄瑞斯忒斯 Oreste
额我略十三世 Grégoire XIII

恩纳 Enna
恩奇都 Enkidu
恩斯特·刘别谦 Ernst Lubitsch

F
法尔茅斯 Falmouth
法马古斯塔 Famagouste
法泰赫普尔西克里 Fatehpur Sikri
梵 Brahma
梵蒂冈 Vatican
菲狄亚斯 Phidias
菲利普·贝当 Philippe Pétain
腓特烈二世 Frédéric II Hohenstaufen
费奥多尔·陀思妥耶夫斯基 Fedor Dostoïevski
费德尔 Phèdre
费特希耶 Fethyie
费伊·达纳韦 Faye Dunaway
弗兰·卢卡斯 Vrain-Lucas
弗朗茨·舒伯特 Franz Schubert
弗朗索瓦·拉伯雷 François Rabelais
弗朗索瓦·维庸 François Villon

弗朗索瓦 - 勒内·德·夏多布里昂
François René de Chateaubriand

弗朗西斯·福山 Francis Fukuyama

弗朗西斯·克里克 Francis Crick

弗雷德·霍伊尔 Fred Hoyle

弗里德里希·恩格斯 Friedrich Engels

弗里德里希·尼采 Friedrich Nietzsche

弗里吉亚 Phrygie

伏尔泰 Voltaire

佛罗里达 Floride

佛罗伦萨 Florence

佛陀 Bouddha

浮士德 Faust

福克兰群岛 Falkland

G

伽利略 Galilée

盖布 Geb

高加索 Caucase

戈特弗里德·威廉·莱布尼茨
Gottfried Wilhelm Leibniz

哥本哈根 Copenhague
格奥尔格·弗里德里希·亨德尔
　　Georg Friedrich Haendel
格奥尔格·威廉·弗里德里希·黑格尔
　　Georg Wilhelm Friedrich Hegel
格拉纳达 Grenade
格拉沃洛特 Gravelotte
格雷戈尔·约翰·孟德尔 Johann Gregor Mendel

H
哈德良 Hadrien
哈利卡尔那索斯 Halicarnasse
哈伦·拉希德 Haroun al-Rachid
哈姆雷特 Hamlet
哈托尔 Hathor
《海关》Douane de mer (la)
海伦 Hélène
海王星 Neptune (planète)
海因里希·海涅 Henri Heine
《憨第德》Candide
汉谟拉比 Hammurabi

汉诺威 Hanovre
豪尔赫·路易斯·博尔赫斯 Jorge Luis Borges
好莱坞 Hollywood
荷鲁斯 Horus
荷马 Homère
贺拉斯 Horace
赫尔墨斯·特里斯墨吉斯忒斯
　Hermès Trismégiste
赫菲斯托斯 Héphaïstos
赫克托尔 Hector
赫拉 Héra
赫拉克利特 Héraclite
赫利奥波利斯 Héliopolis
赫瓦尔 Hvar
亨比 Hampi
亨利·柏格森 Henri Bergson
亨利·德·蒙泰朗 Henry de Montherlant
亨利·米勒 Henry Miller
华盛顿 Washington
黄河 Fleuve Jaune
火地群岛 Terre de Feu

火神（见赫菲斯托斯）
　　Vulcain（voir Héphaï-stos）
火星 Mars（planète）
霍拉旭 Horatio
H·G·威尔斯 H.G. Wells

J
吉恩·蒂尔尼 Gene Tierney
吉尔伽美什 Gilgamesh
吉罗拉塔 Girolata
胡夫 Khéops
极星 Polaire（étoile）
加拉帕戈斯群岛 Galápagos
加里·格兰特 Cary Grant
加利福尼亚 Californie
加罗 Garo
加斯东·伽利玛 Gaston Gallimard
加泰土丘 Çatal Hôyük
迦太基 Carthage
贾科莫·莱奥帕尔迪 Giacomo Leopardi
柬埔寨 Cambridge

乔尔丹诺·布鲁诺 Giordano Bruno
教宗圣额我略一世 Grégoire le Grand
杰克·凯鲁亚克 Jack Kerouac
杰拉尔-丁·穆罕默德·阿克巴
　　JalâuddinMuhammad Akbar
金·贝辛格 Kim Basinger
金星 Vénus（planète）
巨引源 Grand Attracteur
君士坦丁堡 Constantinople
君士坦丁大帝 Constantin Ier le Grand

K

卡迭石 Qadesh
卡尔·冯·林奈 Carl von Linne
卡尔·马克思 Karl Marx
卡尔·希罗尼穆斯·冯·明希豪森
　　Karl Hieron-ymus von Münchhausen
卡夫拉 Khéphren
卡鲁扎 Kaluza
卡吕普索 Calypso
卡普里 Capri

卡热伊思 Careyes

卡斯 Kas

卡斯特洛里佐 Castellorizo

卡塔赫纳 Carthagène

开伯尔山口 Khyber (passe de)

凯考瓦 Kekova

凯拉·奈特利 Keira Knightley

恺撒里昂，小恺撒 Césarion

科尔多瓦 Cordoue

科尔丘拉 Korcula

科孚岛 Corfou

科科斯 Cocos

科里登 Corydon

科隆 Cologne

科帕卡巴纳 Copacabana

科西嘉 Corse

克里姆林 Kremlin

克里斯蒂安·惠更斯 Christian Huygens

克里斯托弗·哥伦布 Christophe Colomb

克利奥帕特拉 Cléopâtre

克洛维一世 Clovis Ier

克吕泰涅斯特拉 Clytemnestre

孔子 Confucius

库尔特·哥德尔 Kurt Gödel

L

拉 Râ

拉斐尔 Raphaël

拉格什 Lagash

拉美西斯二世 Ramsès II

拉维罗 Ravello

拉维齐 Lavezzi

拉扎尔 Lazare

莱昂·布洛伊 Léon Bloy

莱切 Lecce

劳伦斯·达雷尔 Lawrence Durrell

老子 Lao-tseu

勒内·笛卡尔 René Descarte

累西腓 Recife

里约热内卢 Rio de Janeiro

理查德·伯顿 Richard Burton

利多 Lido

两湾圣亚加大堂 Sant'Agata sui Due Golfi

列奥纳多·达·芬奇 Léonard de Vinci

林肯郡 Lincolnshire

留基伯 Leucippus？

卢克莱修 Lucrèce

卢克索 Louxor

路德维希·安德列斯·费尔巴哈
　　Ludwig Andreas Feuerbach

路易·阿拉贡 Louis Aragon

路易·德布罗意 Louis de Broglie

路易十四 Louis XIV

路易斯安那 Louisiane

伦勃朗 Rembrandt

伦敦 Londres

罗伯特·菲茨罗伊 Robert Fitz-Roy

罗伯特·雷德福 Robert Redford

罗德 Rhodes

罗马 Rome

罗什福尔 Rochefort

洛特雷阿蒙 Lautréamont

吕西安·德·吕邦泼雷 Lucien de Rubempré

M

马德里 Madrid

马丁·海德格尔 Martin Heidegger

马丁·路德·金 Martin Luther King

马尔杜克 Mardouk

马尔斯（见阿瑞斯）Mars (voir Arès)

马可·奥勒留 Marc Aurèle

马克-安东尼 Marc-Antoine

马克斯·波恩 Max Born

马克斯·普朗克 Max Planck

马克西米连·德·罗伯斯庇尔 Maximilien de Robespierre

马里 Mari

马马拉普拉姆 Mahabalipuram

马丘比丘 Machu Picchu

马塞尔·普鲁斯特 Marcel Proust

马赛 Marseille

玛尔特 Marthe

迈锡尼 Mycènes

麦何密二世 Mehmet II

毛里求斯 Maurice

美索不达米亚 Mésopotamie
孟菲斯 Memphis
孟卡拉 Mykérinos
米格尔·德·塞万提斯 Miguel de Cervantès
米开朗基罗 Michel-Ange
米勒 Milet
米歇尔·德·蒙田 Michel de Montaigne
密特拉 Mithra
摩西 Moïse
墨涅拉俄斯 Ménélas
姆列特 Mljet
穆罕默德 Mahomet

N

拿破仑一世 Napoléon Ier
那不勒斯 Naples
纳弗尔蒂蒂 Néfertiti
瑙西卡 Nausicaa
尼尔斯·玻尔 Niels Bohr
尼古拉·菲洛特西奥 Cola dell'Amatrice
尼古拉·冯·库斯 Nicolas de Cues

尼古拉·哥白尼 Nicolas Copernic

尼古拉斯·布维耶 Nicolas Bouvier

尼罗河 Nil

尼尼微 Ninive

尼塞福尔·涅普斯 Nicéphore Niépce

聂斯脱里 Nestorius

牛津 Oxford

纽约 New York

努恩 Nun

努特 Nout

诺曼底 Normandie

O

欧几里得 Euclide

欧里庇得斯 Euripide

欧玛尔·海亚姆 Omar Khayyam

欧内斯特·海明威 Ernest Hemingway

欧仁·德·拉斯蒂涅 Eugène de Rastignac

欧仁·拉比什 Eugène Labiche

P

帕加马 Pergame

帕里斯 Pâris

帕洛玛山 Mont Palomar

帕特里克·利·费莫 Patrick Leigh Fermor

帕特洛克洛斯 Patrocle

佩迪 Pedi

佩里格 Périgueux

佩里雄（人名）Perrichon (Monsieur)

佩皮一世 Pépi Ier

皮埃尔·德·龙萨 Pierre de Ronsard

皮埃尔·高乃依 Pierre Corneille

皮埃尔－西蒙·德·拉普拉斯
　　Pierre Simon de Laplace

皮浪 Pyrrhon

皮耶罗·德拉·弗朗切斯卡
　　Piero della Francesca

毗湿奴 Vishnou

珀琉斯 Pélée

珀涅罗珀 Pénélope

普吉岛 Phuket

普拉克西特列斯 Praxitèle
普里阿摩斯 Priam
普利茅斯 Plymouth
普利亚 Pouilles
普罗斯佩·梅里美 Prosper Mérimée
普罗提诺 Plotin

Q

奇奇卡斯特南戈 Chichicastenango
乔凡尼·皮萨诺 Giovanni Pisano
乔治·贝克莱 George Berkeley
乔治·布鲁梅尔 George Brummell
乔治·居维叶 Georges Cuvier
乔治·勒梅特 Georges Lemaître
乔治·库克 George Cukor
乔治·桑 George Sand
乔治-路易·勒克莱尔·布丰 Georges Louis Leclerc de Buffon
秦始皇帝 Tsin Che Houang-ti

R

让·德·拉封丹 Jean de La Fontaine

让·季洛杜 Jean Giraudoux

让·拉辛 Jean Racine

让·勒朗·达朗贝尔 Jean le Rond d'Alembert

让·巴蒂斯特·拉马克 Jean-Baptiste Lamarck

儒勒·凡尔纳 Jules Verne

儒勒·米什莱 Jules Michelet

儒略·恺撒 Jules César

若弗鲁瓦·圣伊莱尔 Geoffroy Saint-Hilaire

若热·亚马多 Jorge Amado

S

撒马尔罕 Samarkand

萨达那帕拉（见亚述巴尼拔）Sardanapale（voir Assurbanipal）

萨利纳王子 Salina（prince）

萨玛什 Samash

萨摩斯 Samos

萨摩亚 Samoa

萨莫萨塔的琉善 Lucien de Samosate

塞赫麦特 Sekhmet

塞缪尔·亨廷顿 Samuel Huntington

塞缪尔·威尔伯福斯 Samuel Wilberforce

塞浦路斯 Chypre

塞特 Seth

塞万提斯 Servantès

桑德罗·波提切利 Sandro Botticelli

色诺芬 Xénophon

沙特尔 Chartres

设拉子 Chiraz

圣安塞姆 Anselme（saint）

圣奥古斯丁 Augustin（saint）

圣巴巴拉 Santa Barbara

圣保罗 Paul（saint）

圣本笃 Benoît（saint）

圣多米尼克 Dominique（saint）

圣额我略·纳齐安 Grégoire de Naziance（saint）

圣方济会荣耀圣母教堂 Frari

圣弗洛朗 Saint-Florent

圣杰罗姆 Jérôme（saint）

圣卢 Saint-Loup

圣托马斯·阿奎那 Thomas d'Aquin（saint）

圣约翰 Jean（saint）

湿婆 Siva

十二群岛 Dodécanèse

室女座星系团 Vierge（amas de la）

水星 Mercure（planète）

司汤达 Stendhal

斯巴达 Sparte

斯波拉泽斯 Sporades

斯蒂芬·霍金 Stephen Hawking

斯基亚索斯 Skyathos

苏格拉底 Socrate

苏美尔 Sumer

所罗门 Salomon

索贝克 Sobek

索福克勒斯 Sophocle

索伦·克尔凯郭尔 Søren Kierkegaard

索西琴尼 Sosigène

T

塔梅尔兰 Tamerlan

塔西陀 Tacite

塔希提 Tahiti

台伯河 Tibre

泰尔埃尔阿马纳 Tell el-Amarna

泰勒斯 Thalès

泰伊斯 Thaïs

堂吉诃德 Don Quichotte

忒勒马科斯 Télémaque

特洛伊 Troie

提图斯-李维 Tite-Live

提香 Titien

提亚马特 Tiamat

田纳西 Tennessee

图宾根 Tübingen

图特摩斯 Thoutmès

土星 Saturne（planète）

托勒密 Ptolémée

托马斯·赫胥黎 Thomas Huxley

托马斯·马尔萨斯 Thomas Malthus

托斯卡纳 Toscane
托特 Thot
T.S. 艾略特 T.S. Eliot

W
瓦哈卡 Oaxaca
瓦良格 Varègues
威尔逊山 Mont Wilson
威廉·布莱克 Blake, William
威廉·莎士比亚 William Shakespeare
威尼斯 Venise
威斯敏斯特修道院 Westminster（abbaye）
维多利亚一世 Victoria Ière
维尔纳·海森堡 Werner Heisenberg
维吉尔 Virgile
维京 Vikings
维纳斯（见阿芙洛狄忒）
　Vénus（voir Aphrodite）
维托雷·卡帕乔 Vittore Carpaccio
沃尔夫冈·阿马德乌斯·莫扎特
　Wolfgang Amadeus Mozart

沃里克郡 Warwickshire

伏脱冷 Vautrin

乌尔 Ur

乌鲁克 Uruk

X

西杜里 Siduri

西格蒙德·弗洛伊德 Sigmund Freud

西格妮·韦弗 Sigourney Weaver

西蒙尼·马蒂尼 Simone Martini

西潘国 Cipango

西塞罗 Cicéron

西西里 Sicile

希波达摩斯·米勒 Hippodamos de Milet

希尔赛 Circé

希罗多德 Hérodote

锡拉库扎 Syracuse

锡米 Symi

锡耶纳 Sienne

夏尔·波德莱尔 Charles Baudelaire

夏尔·戴高乐 Charles de Gaulle

夏尔·贝玑 Charles Péguy

夏娃 Ève

仙女座星系 Andromède（galaxie）

香港 Hong Kong

齐奥朗 Emil Cioran

小亚细亚 Asie Mineure

辛 Sin

辛巴达 Sindbad

辛那赫里布 Sennachérib

星系 Galaxie

修昔底德 Thucydide

旭烈兀 Hulagu

Y

雅典 Athènes

雅典娜 Athéna

雅典卫城 Acropole d'Athènes

雅克·奥芬巴赫 Jacques Offenbach

雅克-贝尼涅·博须埃
　　Jacques Bénigne Bossuet

亚伯拉罕 Abraham

亚当 Adam

亚拉里克 Alaric

亚里士多德 Aristote

亚历山大·弗里德曼 Alexander Friedmann

亚历山大·格拉汉姆·贝尔 Alexandre Graham Bell

亚历山大·索尔仁尼琴 Alexandre Soljenitsyne

亚历山大·仲马 Alexandre Dumas

亚历山大 Alexandrie

亚历山大大帝 Alexandre le Grand

亚述巴尼拔 Assurbanipal

耶利哥 Jéricho

耶路撒冷 Jérusalem

耶稣基督 Jésus-Christ

伊本·赫勒敦 Ibn Khaldun

伊菲革涅亚 Iphigénie

伊夫林·沃 Evelyn Waugh

伊利索斯河 Ilissos

伊曼努尔·康德 Emmanuel Kant

伊帕内玛 Ipanema

伊萨卡 Ithaque

伊什塔尔 Ishtar

伊斯法罕 Ispahan

伊希斯 Isis

伊亚 Éa

以弗所 Éphèse

银河系 Voie lactée（voir Galaxie）

印度河 Indus

尤利西斯 Ulysse

幼发拉底河 Euphrate

约翰·保罗二世 Jean-Paul II

约翰·多恩 John Donne

约翰·麦凯恩 John McCain

约翰·塞巴斯蒂安·巴赫
　　Johann Sebastian Bach

约翰·沃尔夫冈·冯·歌德
　　Johann Wolfgang von Goethe

约翰内斯·开普勒 Johannes Kepler

约瑟夫·康拉德 Joseph Conrad

约瑟夫·斯大林 Joseph Staline

月球 Lune

Z

詹姆斯·杜威·沃森 James Dewey Watson

詹姆斯·乔伊斯 James Joyce

詹姆斯·乌舍尔 James Ussher

长蛇座星系团 Hydre(amas de l')

珍妮·赫施 Jeanne Hersch

郑春顺 Trinh Xuan Thuan

宙斯 Zeus

朱庇特（见宙斯）Jupiter(voir Zeus)

朱庇特（木星）Jupiter(planète)

朱勒·雷纳 Jules Renard

朱利安·赫胥黎 Julian Huxley

朱诺（见赫拉）Junon(voir Héra)

致谢

感谢卢克莱修、圣奥古斯丁、蒙田、笛卡尔、帕斯卡、斯宾诺莎、莱布尼茨、康德、柏格森、海德格尔等所有人,感谢他们给予我欢乐。

在诸多为我带来灵感的书中,以下这两本予我的帮助是巨大的。它们分别是:

珍妮·赫施,《哲学的震惊》,一页,伽利玛出版社(Jeanne Hersch, L'Étonnement philosophique, *Folio*, Gallimard.)

郑春顺,《秘密的旋律》,法亚德出版社(*Trinh Xuan Thuan, La Mélodie secrète, Fayard*)

感谢一直支持我的朋友多米尼克·阿努伊尔(Dominique Arnouil),他为我的文字添上了注脚。

译后记

2021年末我开始着手翻译《这世界最终是一件奇怪的事》。那时，我重新踏上求学之路，对法国文学的译介心怀憧憬。谈起法国的文学，似乎每位读者心中都珍藏着一份经典必读书单：或是综合文学与哲思的法国启蒙文学，或是揭露社会黑暗的现实主义小说，或是回归文学本心的象征派诗歌，或是二战后的存在主义小说与戏剧，抑或是改写神话、历史或文学经典的新寓言派小说：伏尔泰、卢梭、雨果、巴尔扎克、波德莱尔、瓦莱里、萨特、加缪、莫迪亚诺、勒克莱齐奥……不过，与那些在国内享有巨大声誉的法国大作家相比，法兰西学院院士端木松的名字却鲜为人知，对其作品的译介也寥寥无几，要知道他在六十余年的创作生涯里可是出版了近五十部的小说和随笔集啊。2004年，漓江出版社推出了端木松的首部中译本《挺好的》(*C'était bien*)，在"法国 21 世纪作家作品丛书"中，这本不到两百页的人类小史显得其貌不扬，却偶然促成了我走进这位法国文坛巨匠的回忆与智慧。还记得自己在生日当天从"北外法语学习杂志"公众号上意外得知端木松于巴黎家中去世的消息，当时的我抱着一种瞻仰文学泰斗的慕名之心，从学校图书馆借出这本小书，跟随老先生轻快的文字，心情平静地翻阅起来。

写下《挺好的》的端木松其时已是一名年近耄耋的白发老人，但他笔下的世界却在时间维度上显示出一种超越性，在呼唤一种碎片形态的精神自传的同时，表达着对宇宙万物的惊奇、对历史与科学的迟疑，以及对自然生命的由衷热诚。继《挺好的》后，国内出版社陆续推出端木松其他作品的中译本，如 2007 年花城出版社出版的《永世流浪的犹太人史》、2014 年南京大学出版社出版的《时光的味道》及 2017 年四川文艺出版社出版的《谋杀乌托邦》。并且，国内学界还在权威期刊上发表了推介端木松其人其作的相关文章，如《译林》刊登了弗朗索瓦·比斯内尔对端木松的访谈文章，赵丹霞在《外国文学动态研究》上发表了《2017 年法国小说创作综述》，对端木松的文字生涯及其在法国文学史上的地位做出了简要的概括与评价。《这世界终究是件奇怪的事》延续着端木松百科全书式的写作特质,在纵横捭阖的文化视野与意味深长的智性思辨中,向读者徐徐讲述关于世界的故事,以深厚的历史和文学功底,把曲折演进的思想史、科学史与哲学史一一熟稔地道来。面对拥有无限奥秘的宇宙,端木松自觉无限渺小,他以西方哲学史的人文精神为思想资源,试图用一种轻松愉快的口吻理清象征人与世界的复杂关系的"迷宫的线团",在追问"为什么有物而非无物存在?"的地理历险中,揭示时间旅行所孕育的"最平凡的奇迹"。

《这世界最终是一件奇怪的事》的翻译工作跨越了两个年头,在2022年年初起笔之际,我时常担心自己力不胜任,难以清晰、准确地再现这部蕴藏哲思和寓言的非典型小说。此外,在语言风格方面,端木松特意在行文之中追求一种轻盈、松弛的感觉,而这也让对原文的复现变为了一场诗意的历险。在黄荭老师的悉心建议下,我不仅参考了在前文提到过的若干中译本,还参阅了赵丹霞发表在《世界文学》2019年第2期上的《世界说到底是一件奇怪的事》的节选译文,希望能最大程度地贴近作家的行文特点,为读者展现一个独特、真实的端木松。与此同时,南大法语系为博士新生开设了一门翻译理论课,我记得刘云虹老师曾谈起文学翻译中译者的主体化问题,并强调阅读是实现译者介入文本生成的首要方式。因此,在翻译《这世界最终是一件奇怪的事》的过程中,我也始终把忠于原作视为重要原则,在充分理解原文的基础上,尝试流畅地再现端木松笔下的大千世界。如我在前文所言,这部非典型小说的情节铺陈与风格行文比较独特,端木松无意追求传统叙事的单线结构,反而刻意隐藏情节之间的显性联系,大量使用片段式的絮语,甚至无序的散乱叙述,打破了故事内部的因果关系,造成一种小说的随笔化倾向。我在翻译时尝试保持原作的行文风格,尽可能地将端木松所追求的那种如歌般的心语传递给国内读者。作为一个初来乍到的翻译新手,我斗胆以一个晚辈稚嫩的笔触再现大作家笔下丰厚的精神气象,其中不自量力之处,恳请读者朋友们不吝赐教。

疫情期间,我常常在杜厦图书馆学习,《这世界最终是一件奇怪的事》也基本是在那里完成翻译的。

在图书馆二楼的一角,那扇向阳的玻璃窗透射着斑斓的秋日景象,而此刻身在利摩日大学图书馆的我仿佛穿越时空的旅人,心中愈发怀念仙林栖霞的满山红叶。在记录的当下,耳边断断续续地传来轻声的细语,那时而急促时而绵延的法语带给我一种既熟悉又异质的感受,我抬头望向窗外肃穆的石墙,眼前再次浮现出一个白发苍苍的老人的身影,还有那支"小时候写字的铅笔"。

延续着端木松百科全书式的写作特质,在纵横捭阖的文化视野与意味深长的智性思辨中,向读者徐徐讲述关于世界的故事,以深厚的历史和文学功底,把曲折演进的思想史、科学史与哲学史熟稔地一一道来。面对拥有无限奥秘的宇宙,端木松自觉无限渺小,他以西方哲学史的人文精神为思想资源,试图用一种轻松愉快的口吻理清象征人与世界的复杂关系的"迷宫的线团",在追问"为什么有物而非无物存在?"的地理历险中,揭示时间旅行所孕育的"最平凡的奇迹"。

邬亚男

2023.1.30

图书在版编目（CIP）数据

这世界最终是一件奇怪的事 /（法）让·端木松著；
邬亚男译. -- 上海：上海文艺出版社，2024. -- ISBN
978-7-5321-9091-1

Ⅰ．I565.65

中国国家版本馆CIP数据核字第2024L81P04号

发 行 人：毕　胜
策　　划：字句lette
责任编辑：解文佳
特约编辑：苏　远
封面设计：Smobniar

书　　名：这世界最终是一件奇怪的事
作　　者：[法] 让·端木松
译　　者：邬亚男
出　　版：上海世纪出版集团　上海文艺出版社
地　　址：上海市闵行区号景路159弄A座2楼 201101
发　　行：上海文艺出版社发行中心
　　　　　上海市闵行区号景路159弄A座2楼206室 201101 www.ewen.co
印　　刷：崇明裕安印刷厂
开　　本：1092×787 1/32
印　　张：10.375
插　　页：1
字　　数：151,000
印　　次：2024年10月第1版 2024年10月第1次印刷
Ｉ Ｓ Ｂ Ｎ：978-7-5321-9091-1/I.7151
定　　价：59.00元
告 读 者：如发现本书有质量问题请与印刷厂质量科联系　T: 021-59404766